1
三嶋与夢
illustration
高峰ナダレ
JN109346
俺は星間国家の
I am the Villainous Lord of the Interstellar Nation
悪徳領主!

リアム
Liam
「男が理想とする
柔らかさだ」

「はじめてお目にかかります。
旦那様の天城にございます」
天城
Amagi
「いけませんぞ、リアム様！」
ブライアン
Brian

ニアス
Nias
「はじめてでこれなら、伯爵様はセンスがありますね」
「リアム殿、すぐに降りなさい！コックピット内で羨ま――けしからん！」
安士
Yasushi

リアムの乗り込んだアヴィドが、
海賊の機動騎士をブレードで斬り裂き、
バズーカで海賊船を撃破する。
『アハハハ、
俺を止めてみろ！』
BFC-X001LS
アヴィド
Avid

クリスティアナ
Christiana

CONTENTS

I am the Villainous Lord of the Interstellar Nation

俺は星間国家の

I am the Villainous Lord of the Interstellar Nation

悪徳領主!

1

三嶋与夢

illustration

高峰ナダレ

イラスト／高峰ナダレ

プロローグ

コックピットのモニターに映し出されるのは宇宙だ。

周囲は光が瞬き、爆発も起きている。

宇宙で爆発が起きるなどファンタジー世界ならではの事象だろう。

遠くにか細い光の糸がいくつも出現し、小さな爆発の光がいくつも発生している。

その光の中一つ一つで、何百、何千という命が消えていく。

宇宙を舞台にした戦場は、大勢の人間の命を食らっていくのだ。

何万、何十万という命が消えていく戦場の中で、俺は高笑いを上げていた。

「どうした？　その程度か？」

人型兵器——機動騎士。

十四メートルを超える、人が乗り込む兵器は、兵器としてみれば欠陥だらけに見える。

どうして人型にこだわるのか？　戦闘機では駄目なのか？

そんな合理主義など知ったことかとかなぐり捨てたのが、このファンタジー世界だ。

俺の駆る機動騎士は、黒くとても大きかった。

他機が十八メートルという大きさの中で、俺が乗り込む機動騎士は二十四メートルという大型に分類される。

そんな大きな機体が、周囲の小さな機体をマニピュレーターで捕まえる。

マニピュレーターとはロボットの手だ。

人型兵器の繊細な手が、敵の人型兵器を摑《つか》むと握り潰す。

中に乗っているパイロットごと、だ。

『た、助けてくれ！』

命乞いをする敵のパイロットに対して、口角を上げた俺は冷たい言葉をかけてやる。

「死ね」

そこに優しさや情けなど微塵《みじん》もない。

敵を殺したことに罪悪感もなく、あるのは興奮だけだ。

他者を踏みにじり、もっとも大切な命を奪う。

それは強者にのみ許された特権である。

「弱い。弱すぎる。もっと強い奴《やつ》はいないのか！」

笑いながら機体を操縦し、近付く敵を倒し続けた。

狙うのはコックピット——つまりはパイロットだ。

機動騎士が右手に握りしめた刀をコックピットに無慈悲に突き刺し、その後は蹴り飛ばして乱暴に引き抜く。

「弱者は俺に狩られる存在だ。精々、俺を楽しませろ！」

人を人とも思わぬ所業だ。

それを、見た目は十代前半の子供が行っている。

前世の自分ならきっと今の行動を否定しただろうが――俺は理解したのだ。

世の中は悪人の方が強いと。

だから俺は次の人生で悪党を目指すと決めた。

いや、極悪人だ。

俺という存在を言い表す言葉があるとすれば、それはきっと「悪徳領主」だろう。

この不思議なファンタジー世界は、人が宇宙にすら進出しているのに貴族制なんて古臭い支配体制が存在している。

そんな世界で俺は、伯爵という身分だ。

悪党の俺が星一つを支配し、民たちを苦しめている。

もしもこれが物語ならば、悪党として退治される側の存在だろう。

だが、現実はどうだ？

「どうした！　もっとかかってこい！　もっとだ。もっと！」

俺の乗り込む機体から逃げる敵を追いかけ、無慈悲にその命を奪っていく。逃げ回る敵を容赦なく倒していく姿は、まさに悪党そのものだ。

正義の味方などこの世には存在しない。

俺が弱者をいたぶっても、正義の味方は駆けつけてこない。

世の中、本当に強いのは悪党だ。

それが答えである。

この真理に辿《たど》り着いたのは、前世の死の間際のことだった。

「あぁ、楽しいな。弱い者をひねり潰している瞬間は最高だ。俺が強者である事を自覚させてくれる」

巨大な人型兵器や宇宙戦艦が争う世界。

そんな世界に転生した俺は——与えられた力で暴虐の限りを尽くしている。

全ては、あの日から始まった。

俺が騙《だま》され、失意の中で死んでいった前世最後の日から。

忌々しい記憶が蘇《よみがえ》ってくる。

何も知らず、騙されていることにすら気付いていなかった、愚かな人生を送っていた男の記憶だ。

その愚か者こそ、前世の俺だ。

◇　◆　◇　◆　◇

どうして俺だけがこんなに理不尽な目に遭うのか？

古く、そして暗く狭い一部屋のアパートで俺は胸を押さえていた。

少し前から胸が苦しかったが、最近は余計に酷《ひど》くなっている。

病院に行きたいが、金銭的に余裕がない。

胸元を握りしめる手に力が入らなかった。

薄汚れたヨレヨレのTシャツを握る手は、以前よりも痩せ細って傷やマメが出来て荒れている。

咳《せき》に血が混じり、横になっている汚いせんべい布団を汚した。

「どうして――俺が――こんな目に」

肉体的にも苦しいが、精神的にも悔しさや情けなさで辛《つら》かった。

走馬灯らしきものが見える。

俺はお世辞にも立派な人間だったとは言えない。

だが、それでも真面目に生きてきた。

犯罪に手を出したこともなければ、世間一般で善良と言われる程度には真面目に生きてきたのだ。

普通に就職して、普通に結婚して――子供が生まれて、家を買って。

それが、今では借金を背負いアルバイトの掛け持ちという日々だ。

養育費も毎月支払うが、離婚後には子供に一度も面会できていない。

元妻が言うには、ようやく再婚相手と子供が親しくなっているから――そんな理由で面会を拒否され続けた。

少ない給料から養育費を払い続けているのに、子供にも会えない。

以前勤めていた会社は身に覚えのない浮気や横領が原因でクビになり、それでも稼がなければいけないからバイトを掛け持ちして生活していた。

俺は浮気なんかしていない。

横領だってしていない。

それなのに、いくら否定しても周りは俺を犯人扱いした。

どんな言葉も周りの人間は信じなかった。

あの時の絶望感は忘れられない。

周りに責められすぎて、今では本当に自分が悪かったのではないか？　そう思う程になっていた。

——そして、今はどん底の生活を送っている。

とても返しきれない借金と、狭いのにものが少ないボロアパートでの貧しい生活だ。

毎日のように、借金を返せと柄の悪い連中が取り立てに来る。

そもそも、借金すら身に覚えがなかった。

だが、俺が作った借金ということになっており、返済の義務だけはある。

今にして思えば、元妻が怪しいのだが、弁護士に相談するような体力もお金もない。

気が付けば、ここ数年で体は痩せ衰えていた。

年齢の割に酷く老けて見える。

鏡を見る度に死にそうな顔をしていた。

「いったい何が悪かった。俺は――俺はどこで間違えた？」

咳をする度に、口から出てくる血の量が増えている。

もう、ここで終わってしまうようだ。

悔しさと同時に、これで終われるとどこかで安堵《あんど》していた。

そんな時だ。

枕元に現れたのは、ストライプ柄の燕尾服《えんびふく》を着用した男だった。

汚れた畳の上に土足で立ち、旅行鞄《かばん》を左手に持っている。

「こんばんは。実にいい夜ですね」

目だけを動かすと、朧気《おぼろげ》に見えたのはシルクハットを片手に持って挨拶してくる口元しか見えない男だ。

目元は影になってよく見えない。

高身長で細身の男が自分を見下ろしている。

男にはどこか現実感がない。

帽子のつばの端や、燕尾服の燕尾部分がユラユラと動いているからだ。

燃えているわけでもないのに、黒い煙のようなものまで出ている。

その姿に、この世の存在ではないように思えた。

「――なんだ、お迎えでも来たのか？」

かすれた力のない声を出すと、とても胸が苦しかった。

怖がって逃げる余裕もなければ、もとから逃げるつもりもない。

なるようになれ、という投げやりな気持ちと――これで苦しみから解放されるのではないか？ という淡い期待すら感じていた。

そして、一つ思い出した。

昔聞いた話だが、死の間際になると大事に飼っていたペットが迎えに来るらしい。

俺もずっと前に犬を一匹飼っていたが、どうやらお迎えには来なかったようだ。

どうやら作り話だったようだ。

もしくは、俺がいい飼い主ではなかったか。

ただ、迎えに来てくれるならあいつが良かったと思ってしまう。

そんな俺に、男は屈《かが》み込んで顔を近付けてくる。

やはり顔は口元しか見えない。

口角を上げて三日月を作って笑っていた。

まるで俺を見て笑っているようだ。

「確かにお迎えですが、貴方《あなた》の希望に添うお迎えではありません。正確に述べるとするなら、これから貴方を違う世界に送り届ける存在です。そうですね―― 〝案内人〟とでもお呼びください」

「ちが――う――せ――っ！」

咳《せ》き込むと、案内人と名乗った男が指を鳴らした。

目の前に見えてきた景色に、俺は少しだけ目を見開く。

そこには、高そうなスーツを着た男と、高級そうなレストランで食事をしている元妻の姿が映し出されていた。

とてもおいしそうな食事とお酒。

俺はこんな食事を何年も口にしていない。

ただし、問題はそこじゃない。

どうしてこんな景色が空中に見えている？

夢でも見ているのかと自分を疑うが、この胸の痛みは本物だ。

胸が苦しい。ただの痛みだけではなく、心まで締め付けられる。

二人の楽しそうな会話が聞こえてくる。

『お前も悪い女だな。元旦那に借金を背負わせて、あげくに養育費まで払わせているらしいじゃないか。あの子、元旦那の子じゃないだろ？』

俺の話題で楽しそうに盛り上がっていたが、それよりも会話の内容が信じられなかった。

いや、信じたくなかった。

『いいのよ。法律上はあいつの子で、養育費の支払いは親の義務だもの』

会話の内容が頭に入ってこない。

元妻は何を言っているのだろう？

以前は優しく素朴だった元妻が、別人のように人を騙して喜ぶ下卑た笑顔を見せていた。

別人のようだが、目の前に見える女は間違いなく元妻だ。

『女は本能的に優秀な遺伝子を残したいのよ。あの程度の男の子供なんていらないの。金だけ稼いでくれればいいのよ。むしろ、私と結婚できたんだからそれくらいしてもいいわよね。その程度の価値しかない男だったんだから』

向かい合って座っている男が、元妻の台詞《せりふ》に呆《あき》れつつもどこか楽しそうな顔をしていた。

『女は怖いな』

『そんな女にしたのは貴方じゃない』

二人の姿を見ていると、胸が苦しく腹の奥から本当に憎しみがわいてきた。

こんな光景を見せる案内人に腹が立ってくる。

「おっと、怒らないでください。私はただ、貴方に真実を知って欲しかったから今の光景を見せたのです。身に覚えはありませんか？　これは幻ではありません。今現在、起こっていることなのです」

思い起こせば、確かにそれらしいこともあった。

だが、見ないようにしてきた。

考えすぎだと思っていた。

「貴方は善良だ。こんな苦しい生活に耐え、それでも彼女の借金を返済しながら子供のために養育費まで払い続けている。それなのに、全てはあいつらの嘘《うそ》！　こんな非道なことが許されていいのでしょうか？　そう思い、私が貴方にプレゼントを用意しました」

男は嬉々《きき》として革製の旅行鞄からパンフレットを取り出した。

観光旅行向けのパンフレットにしか見えない。

「貴方はこれまで不幸でした。そんな貴方には、次の人生で幸せになってもらいたい。どうでしょう？　異世界に転生してみませんか？」

異世界？

──それよりも俺は元妻が憎くて、悔しくて、頭がおかしくなりそうだった。

またも胸が苦しくなり、血を吐いてしまう。

そして、もう一つ気がついてしまった。

「も、もしかして、横領の件も──」

以前勤めていた会社の件を問えば、案内人は頷《うなず》いた。

「ええ、そうです。そちらは貴方の元上司が、自分の罪を貴方に押しつけたのです。──貴方は何も悪くなかった」

あぁ、そうか──俺という人間はどこまでも愚かしい。

騙されていた。

それが全てだ。

「無理をして働き続け体を壊した貴方が死にそうなのに、彼女たちは優雅に食事を楽しんでいる。許せませんよね？」

左手で布団を握りしめる。

俺の人生は何だったのか？　どうしてこんな終わりを迎えるのか？

「復讐《ふくしゅう》——させろ。絶対に——許さない。全員に復讐して——やる」

悔しくて涙が止まらない。

涙にも血が混じっている。

どうして俺がこんな最期を迎えなければならない？

俺がそんなに悪かったのか？

俺は満足に動かない体に涙した。

こんな状態では復讐も出来ない。

案内人は口元を更に大きくして笑っていたが、すぐに真顔になる。

どうやら、俺の願いは聞き届けられないようだ。

「残念ながら、貴方の命は尽きようとしています。私に出来るのは、貴方に幸せな来世をプレゼントすることくらいだ。今まで不幸だった貴方には、幸せな第二の人生が待っています。復讐は諦めなさい」

「い——だ。嫌だ！」

かすれた声で強く拒否する。

こうなれば、どれだけ不幸になっても——あいつらも不幸にしてやりたかった。

そのためになら何でもする。

何でもだ！

しかし、無慈悲にも案内人は首を横に振る。

「貴方に選べるのは、次にどんな異世界に行くかだけ。せめて、自分の望んだ世界に転生しなさい。さぁ、次こそ貴方には幸せな人生が待っていますよ」

悔しさで嗚咽《おえつ》を漏らした。

案内人が差し出したパンフレットは、まるで手品師が好きなトランプを選んでくださいと差し出しているようにも見える。

剣と魔法のファンタジー世界や、地球とよく似ているが異能がある世界。

他には、大地が浮かんでいる世界など色々とあった。

どれも違う気がしたが、一つだけ気になる表紙があった。

ロボットや戦艦が掲載されていた。

意識が朦朧《もうろう》としてきて、伸ばした手がパンフレットに触れた。

血のついた指が表紙に触れると、案内人が説明を始める。

「ほう、こちらの異世界に興味があると？　こちらはお勧めですよ。何しろ、科学と魔法が発展したファンタジー世界ですからね。星間国家が存在し、とても楽しい世界となっています。人の寿命も何倍にも増えているので、来世は今世の何倍も楽しめますよ」

何気なく手が伸びただけだ。

次の異世界がどうだろうと知ったことではない。

俺がこの時に考えていたのは——全てが馬鹿らしいということだけだ。

何のために真面目に生きてきた？

その結果がこれか？

騙《だま》され、笑われ――復讐すら出来ない。

――ふざけるな！

善良に生きてこれなら、もっと人生を楽しんだ方がよかった。

他人など気にせず、俺は俺の幸福だけを求めればよかった。

――善人が報われるなど綺麗事《きれいごと》だ。

それは嘘だ。

それなら俺は、せめて好き勝手に生きたい。

――好き勝手に生きて、他人を踏みにじる悪になりたい。

「ふむ、この世界ですと――権力者は貴族になりますね。文明が発展したのに、封建制度が復活していますよ。これは実に興味深いですね」

案内人は、苦しむ俺を見ながら説明を続けていた。

「権力者の家に生まれるようにしておきましょう。貴方の次の人生は、貴族として全てを持って生まれるわけです。生まれながらの勝ち組ですね」

それを聞いて笑みを浮かべたくなるが、俺にはそんな余裕もないようだ。

苦しくなってまともな返事も出来やしない。

だが、心だけは死なない。

今日という日を俺は絶対に忘れない。
真面目に生きるなど馬鹿らしい。
貴族に生まれ変われるのならば、いくらでも好き勝手に出来るはずだ。
他者を踏みつけ、悪の限りを尽くしてやろう。
案内人が俺のためにあれこれと考えてくれていた。
「伯爵家がいいでしょう。惑星一つを支配する領主のようですね」
それはいい。
随分と偉そうな地位じゃないか。
悪代官――いや、領主だから悪徳領主か？
精々楽しませてもらうとしよう。
「覚悟は決まりましたか？　それでは、次こそは良い人生を――」
あぁ、そうしよう。
次の人生は楽しむさ。
――悪徳領主としてな。
そこで俺の意識はどこか暗い場所に吸い込まれていく。

◇　◆　◇　◆　◇

笑みを浮かべ息絶えた男を案内人は見下ろしていた。

愉快そうに身をよじって笑っている。

その姿には狂気があった。

「不幸な人生？　本当に馬鹿だな！　お前程度の不幸な奴《やつ》なんて、この世界には掃いて捨てるほどいるというのに！　自分だけが不幸？　おめでたい奴だ」

笑っている案内人は、指を鳴らすと元妻と男の映像を空中に投影する。

ゲラゲラと口角を上げて笑って二人の姿を見ていた。

「貴方《あなた》たち二人は、随分と役に立ってくれましたよ。――さて、もう楽しんだことですし、そろそろいいでしょう」

この案内人と名乗った男は――そもそも、他人の幸せを願うような存在ではなかった。

むしろ逆に位置する存在だ。

息絶えた男を見下ろし、指をさして笑う。

「そもそも、お前を不幸にしたのは私だけどね！　ちょっと、幸せそうな善良な人間が、どれだけ転ぶか見てみたかっただけだ。だが、意外に楽しめたから、続きを用意したくなっただけさ」

案内人は悪意の塊と言ってもいい存在だ。

人の不幸が大好きで、それを糧に生きている。

特に、自分が関わった――自分が不幸にした人間からの負の感情は、彼にとっては最高の食事と一緒だ。

食事を楽しむように、他人を不幸にしてきた。

息絶えた男もその一人だ。

「さて、メインを前にオードブルをさっさと片付けてしまいましょう」

手を伸ばし、映像に触れると案内人から黒い煙が発生する。

映像の中の二人を包み込むが、二人はそのことに気がつかない。

死んだ男を話題に出しながら、楽しそうに会話をしている二人に異変が起きる。

笑顔だった男が真剣な表情になると、元妻に別れを切り出した。

『さて、十分に楽しんだだろう？　お互い、ここで終わりにしようじゃないか』

『――え？』

案内人はクツクツと笑って、この先の展開を楽しむ。

「さぁ、次はお前がどこまで落ちていくのか見せてくれよ」

元妻が唖然《あぜん》としながら、持っていたナイフを落とした。

『な、何を言っているの？』

『お前との夫婦ごっこも終わりだ。夫婦ごっこも十分に楽しんだだろ？』

元妻が何を言われているのか分からないという顔をしていた。

『冗談よね？――本当なら、貴方だって終わりよ。貴方が何をしてきたのか、私が知らないと思っているの？』

脅してくる元妻に対して、男は冷たい態度を見せている。

『抵抗するならすればいい。だが、お前の離婚を手伝った弁護士は、俺の知り合いだというのを忘れるなよ？　騒げば不利になるのはお前だ。元旦那をはめたのも、元上司の横領を手伝ったのも世間に公表されることになる』

『あ、貴方の子はどうするの！　子供を捨てるって言うの!?』

『法的には元旦那の子だろ？　養育費ももらっているじゃないか。ちゃんと育てられるさ』

男が本気で言っていると知り、元妻は震えるのだった。

それでも俯《うつむ》きながら声を絞り出す。

『愛しているって言ったじゃない』

『あぁ、愛していたよ。だが、もう興味がなくなった。それだけじゃないか。お互い、楽しんだんだからそれでいいじゃないか。次の恋を探せばいい』

『待ってよ！　次なんてそんなの無理よ！』

すがりつく元妻を、男は引き剝がしてレストランを出て行く。

『触るな。もうお前には興味がない』

『待って。お願いだから話を聞いて！　貴方のためならなんだってするわ。だから、お願いだから捨てないで』

必死に懇願する元妻を見る男の目は、とても冷ややかだ。

先程まで楽しそうに話をしていた二人には見えない。

『馬鹿だな。浮気するような女と本気で結婚すると思ったのか？　お前、どこまでもおめでたい奴だな。こんな女を愛した元旦那は、人を見る目がない』

その言葉は、つまり最初から男は元妻を愛していなかったという意味だ。

愛しているなど嘘《うそ》だった。

それを知った元妻は声も出ないようだ。

案内人は楽しそうに手を叩《たた》く。

「いいですね～。ここからどんな反応をしてくれるのかな～？」

元妻の絶望感が、案内人に流れ込んでくる。

憎しみ、悲しみ――負の感情をおいしくいただく。

他人の不幸が案内人の心を満たす。

元妻が俯き手を握りしめていた。

『私は貴方のために夫を捨てたのよ』

『元、だろ？　捨てたのはお前だし、追い込んで楽しんでいたじゃないか。被害者面なんかするなよ。君は加害者だろ』

案内人は、その言葉に「もっともですね！」と同意して笑う。

そして、元妻の考えを読んだ。

「おや、凄《すご》いですね～。頭の中では、もう死んでしまった彼のことを考えている。女性というのは実にたくましい！　でも、残念！――貴方を愛していた男は死に、最期に願ったのは貴女《あなた》への復讐《ふくしゅう》だ！」

ゲラゲラ笑った案内人は、今後の経過を楽しむとして異世界への扉を開けるのだった。

「元旦那を探すのか、新しい男を探すのか、実に楽しみですね。――もっとも、もう貴女に幸せな人生は訪れませんけどね」

いずれの結果も、全てが不幸になると決まっていた。

だって、案内人と関わってしまったのだから。

「さて、私は彼の魂を導かなければ――人の命が安く消費される〝私にとって幸せ〟な世界に、ね！」

これから彼が向かう世界を思い、案内人は笑いが止まらなかった。

「彼が気付いた時にはもう遅い。きっと楽しいだろうな。こんなはずではなかったと、悔やみ、憤り、悲しみ――きっと私を恨む！　憎み、そしてそれが私の糧となる！」

人の負の感情が大好きな案内人は、両手を広げて喜びを表現する。

今からその時の感情を思い浮かべると、楽しくて仕方がない様子だ。

「悪党になって異世界で不幸を振りまいてもよし！　不幸になって私を憎んでもよし！　これからが楽しい時間です！」

どう転んでも、自分にとって嬉《うれ》しい展開が待っている。

案内人は有頂天になっていた。

「おっと、そろそろ行かなければ。こちらへは、彼の魂を導いた後にでも来るとしましょう。それにしても――転生と聞けば喜ぶ愚か者ばかり。いい時代になりましたね。ちょっと甘い台詞《せりふ》を言えば、みんな簡単に騙される」

ウキウキと鞄《かばん》を手に取る。

そして、指を鳴らすとアパートの一室に不釣り合いな豪華な木製のドアが出現した。

世界を渡り歩くための移動手段だ。

案内人は楽しそうにドアノブに手をかけて開くと、そこには黒と紫が渦巻く何かが見えた。

ドアの前に立つ案内人は、アゴに手を当てて考え事をする。

そんな案内人を部屋の隅で覗《うかが》っている小さな光が一つあった。

ボンヤリとした光は隠れて様子を見ていると、次第に大きくなり形を得る。

その輪郭はぼやけているが、どうやら犬のようだ。

息絶えた男を悲しそうに見てから、案内人へ鋭い視線を向ける。

案内人はそれに気が付かない。

「どのように楽しむべきか、今から悩んでしまいますね。まずは、彼をどこに転生させるか決めなくてはいけません。幸せな家庭に放り込み不幸にしていくのもいいですが、それは以前楽しみましたし――ここは成り上がったところを、どん底に叩き落とすべきでしょうか？　しかし、それまでに感謝されては気分が悪いですし――」

案内人が手をポンと叩く。

「決めました！　様子を見つつ、臨機応変に対応しましょう。でも最後は、公開処刑や拷問がいいですね。私を恨み、絶望して死んでいく彼を楽しみたい。あ〜、今から待ち遠しい」

案内人は自分を抱きしめ身を捩《よじ》る。

その喜び方は異常だった。

「今度の人生は、この世界よりも長い。きっと、より長く、そして苦しい人生を送るでしょう！　私の幸せのために、精々もがき苦しみなさい！」

考えもまとまり、スッキリした気持ちでドアをくぐる案内人だったが、そこに小さな光になった犬が一緒に飛び込む。

異世界へと続くドアは、閉まると同時に部屋から消えた。

部屋に残されたのは息絶えた一人の男性の遺体だけだった。

第一話 リアム

案内人が言っていたことは本当だったらしい。

俺は確かに、二度目の人生を得た。

新しい名前は【リアム・セラ・バンフィールド】――鏡を見ると、黒髪で紫色の瞳を持つ幼子の姿がある。

手を振れば鏡に映し出される自分も手を振っており、間違いないようだ。

年齢は五歳だ。

子供部屋で遊んでいると、前世の記憶を思い出した。

周囲には数多くの玩具《おもちゃ》が散乱しているが、気になったのは部屋の広さだ。

「――随分と広い部屋だな」

視点が低くなっているためか、余計に広く見えるとしても――広すぎる。

玩具ばかりが置かれている子供部屋だが、下手な一軒家がすっぽりと入ってしまいそうな広さだった。

どうやら随分な金持ちらしい。

権力者、貴族の家に生まれるようにすると案内人は言っていた。

約束を守られたのだろう。

俺の中にあるこれまでのおぼろげな記憶には、確かに貴族の家に生まれたとある。

バンフィールド伯爵家。

星間国家アルグランド帝国――アルバレイト王朝。

そんな帝国で、惑星一つを支配する伯爵家に跡取りとして生まれた。

将来の領主様だ。

いや、見方を変えれば、一つの惑星を支配する王だろう。

帝国全体を見れば、貴族の一人に過ぎない。

だが、地元では逆らう者などいない絶対君主の跡取りだ。

「約束通りだな」

口元に笑みが浮かぶ。

どういうつもりで俺を転生させたのか知らないが、よりにもよって俺を選んだのは失敗だと言ってやりたい。

善人であることを期待したのなら、目論見《もくろみ》が外れたというしかないだろう。

俺は前世で学んだのだ。

善人など何の価値もない、と。

将来は立派な悪徳領主を目指してやろう。

ただ、ここで少し問題がある。

「悪徳領主というか、悪い貴族は何をすればいいんだ？」

時代劇では領民を虐げていた気がするから、そうすればいいのだろうか？

他に悪のイメージとしては——酒、女、博打《ばくち》だろうか？

何か違う気がする。

「とりあえず、酒池肉林を目指すか？」

悪徳領主のイメージが、俺の中で非常に曖昧だった。

悪い政治家を真似《まね》て、税金の無駄遣いや賄賂を受け取るとか？

——まぁ、好き勝手に生きていれば問題ないだろう。

「楽しくなってきたじゃないか。——ん？」

頭の上に何かヒラヒラとしたものが落ちてきた。

手に取ると、それは手紙だった。

丁寧に封がされており、開けてみると案内人からのメッセージだ。

「わざわざ手紙？　どうして姿を見せないんだ？」

疑問の答えが、手紙には書かれていた。

始まりは俺が無事に転生した事へのお祝いの言葉だ。

次に、自分は少しばかり忙しく様子を見守れないと書かれていた。

だが、俺が困らないようにサポートをすると書かれている。

他にも、案内人の代わりに俺を支えてくれる存在がいるようだ。

「サポート？　案内人の代わり？　いったいどこにいる？」

部屋には俺一人で、近くには誰もいない。

首をかしげていると部屋にある大きなドアが開き、そこから男女が入ってくる。

その後ろには、大勢を従えていた。

頭の中で二人の名前が浮かび、これが今世の俺の両親であると告げていた。

父の名はクリフ・セラ・バンフィールド。

母の名はダーシー・セラ・バンフィールド。

二人は笑顔で俺の前にやってくると、ガラスの板のような物を差し出してくる。

薄緑色のガラスの板に浮かび上がるのは、何らかの書類だった。

契約書のように見える。

見慣れない文字だったが、少しは読めるようだ。

内容は、爵位や領地、その他の権利を俺に譲渡するというものだ。

――いきなり子供の俺に全てを譲り渡す？

急な展開に困惑してしまう。

「父上、これは？」

どのように対応すれば良いのか困ってしまうが、それ以上に――今更新しい両親など、面倒でしかなかった。

曖昧な記憶の中にも、両親はあまり登場してこない。

いったいどうなっているのだろうか？

呼び慣れないながらも父上と呼び、相手の顔色をうかがうと丁寧に説明してくれる。

だが、その内容は実に突飛だ。

「リアム、五歳の誕生日おめでとう。私からのプレゼントは、バンフィールド家の全てだ」

誕生日プレゼントがバンフィールド家の全て？

爵位も領地も、その他の利権も五歳の子供に譲ると言うのか？

こいつ、本気なのか？

そう思ったが、同時に先程まで手に持っていた手紙を思い出した。

いつの間にか手の中から消えていたが、案内人のサポートとはこういう意味か。

あの超常的な存在なら、このような突飛な展開もあり得るか？

母であるダーシーは、嬉々《きき》として俺にカタログを見せてきた。

「私からのプレゼントはこれね。貴方《あなた》の世話をするメイドロボを買ってあげるわ。さぁ、好きに選んでいいのよ」

ダーシーが見せてきたのは、メイドというか人に似せて作られたロボットだった。

まるで人間にしか見えないロボット。アンドロイド？

そのカタログを受け取り開くと、周囲に映像が映し出される。

空中に映し出された画像や動画、立体映像などが未来的に感じられた。

未来的な技術にちょっと興奮するが、この後に何をすればいいのか分からずに困ってしまう。

「こ、これをどうすればいいの？」

困っている俺を見て、ダーシーが笑顔で使い方を優しく教えてくれる。

「自分の好きなようにメイドを作成できるのよ。こうやってパーツを選んでいけばいいから、簡単でしょう？　さぁ、可愛《かわい》く仕上げてあげなさい」

ゲームのキャラメイク感覚で、ロボットの製作を依頼するらしい。

外見だけではなく、性能を左右する内部のパーツや材質まで選べるようだ。

実に面白い。

俺は、全て高性能のパーツを選んでいく。

高性能なパーツを選ぶと下に表示され数字がドンドン増えていくので、これは金額を表しているようだ。

先程から桁が二つも三つも上がっている。

だが、金を払うのは俺ではない。

困らないから、高性能なパーツだけを選んで無駄にハイスペックにしてやるつもりだ。

顔立ちは――和風美人がいい。

黒髪のロングをポニーテールにまとめ、前髪は右側が長く左側は後ろへと流し――スタイルは巨乳でグラマラスを選んだ。

色々な項目を決めていくと、一つの項目で俺の小さな手が止まった。

これには俺も驚いた。

困惑している俺を見たクリフが、からかってくるのが腹立たしい。

だが、俺が戸惑っている理由を理解しておらず、立体として映し出される完成予想図を見ていた。

「俺の子だけはある。良い趣味をしているじゃないか」

「子供は胸が好きよね」

俺は二人の会話を無視し、ゆっくりとその項目を選択して機能を付けた。

選んだ機能は、大人の機能――性欲処理機能のついたロボットを買おうとしている子供を前に、両親が揃《そろ》って微笑《ほほえ》んでいる。

異常な光景だ。

後ろに控えている年寄りながら、背筋の伸びた執事の【ブライアン・ボーモント】が複雑そうな表情をしているのが印象的だった。

悲しそうにも、困惑しているようにも見える。

やはり俺の両親が異常に見えるのか？

ただ、一つ理由が思い浮かんだ。

案内人が言っていた代理とは、俺が注文しているメイドロボのことではないだろうか？

手始めに、サポートとして邪魔な両親を排除し、自分の代役に俺の理想とする女性を側《そば》に置く。

案内人の心配りに感動してしまいそうだ。

今更両親など面倒だから、さっさといなくなる方が楽でいい。

それに――生身の女は信用できない。

俺にとって、メイドロボットは実に気の利いた贈り物だ。

何しろ俺を裏切る心配がないのだ。

カタログにも「貴方だけのメイド」という謳《うた》い文句《もんく》と一緒に、メイドロボは主人を裏切りませんと書かれている。

忠実で、裏切る心配のない有能な腹心がいれば、俺も安心できる。

だから、オプションなどは金額を無視して大量にセットした。

最終確認をすると、メイド服を選択する画面が出てくる。

クラシカルなメイド服を選択した。

ミニスカートはやり過ぎだ。

スカートの丈が膝上か膝下で悩んだが、最終的にはくるぶしが見えるくらいにした。

「あら、可愛らしいわね」

完成予想図を前に、ダーシーが喜んでいるのが何とも微妙だった。

お前の息子が、性欲処理付きで趣味全開のメイドを買ったところだぞ？

何故《なぜ》喜んでいられるのか？

「リアムの世話はこのロボットに任せれば安心ね」

俺の世話をメイドロボに任せると言い、それにクリフも頷《うなず》いていた。

「あぁ、これで心残りはないな」

両親の態度や言動に違和感があった。

俺は二人を見上げて問う。

「どこかに出かけられるのですか？」

クリフが少しアゴを上げ、堂々と胸を張って答えるのだ。

「帝国本星——首都星に屋敷を買った。俺たちはそこに移住する。お前は領主として立派に領地を守りなさい。そのためにこの書類にサインが必要だ」

「サインですか」

地位やら領地などを俺が引き継ぐという電子書類。

周囲に控えている者たちの目を見れば、困惑しているので異常な光景なのだろう。

——そうだよな。自ら全財産を五歳の子供に譲ろうとしているのだ。

異常としか言いようがない。

俺がサインをすると、ダーシーがもう一つの電子書類を見せてくる。

「さぁ、リアム。こちらにもサインをして」

それは、首都星で生活する両親に対して、俺が毎年仕送りするという書類だった。

俺に全てを譲って都会暮らし、か。

——本当に哀れな両親だ。

お前たちの可愛い子供である俺は転生者。

おまけに中身はオッサンだ。

何も知らないこいつらは実に滑稽だった。

ほとんど他人の俺に、地位も財産も奪われてしまう男女。

これを哀れと言わずして何と言う？

今更両親として見ることは出来ないが、こんな哀れな二人にはせめて仕送りくらいはしてやってもいいだろう。

「はい！」

顔が嫌でも笑顔になってしまう。

この何も知らない両親から、全てを奪ってやった。

俺はサインを済ませた電子書類を見ながら、これからの人生に期待をするのだった。

◇　◆　◇　◆　◇

数日後。

リアムの両親は、護衛に守られながら領内の宇宙港に来ていた。

特別に用意されたシャトルに乗り込むが、二人は離れて座っている。

豪華な内装のシャトルで宇宙まで行けば、そこからは宇宙船で帝国の首都星を目指すのだ。


首都星とは、帝国の中枢だ。

帝国が治める領地は広大で、支配する惑星の数も非常に多い。

その中でも中心となる惑星が、首都星である。

首都星は、辺境の伯爵家とは比べるのもおこがましい程の発展を遂げている。

クリフが電子新聞を読みながら、ダーシーに対して忌々しそうに話をする。

互いに目を合わせず、仲が良さそうには見えない。

「人形をプレゼントするとは、母親としての自覚がないのか？」

対して、ダーシーは興味もなさそうに紅茶を飲んでいた。

二人の関係に愛などない。

貴族として政略結婚をしただけの関係だ。

「私の遺伝子を受け継ぐだけの子供よ。お腹《なか》を痛めて産んだならまだしも、あの程度の容姿では愛着もわかないわ」

リアムは二人の遺伝子によって生まれた。

ダーシーが出産したのではなく、二人の遺伝子から作られた子供だ。

二人にしてみれば、リアムなど跡取りというだけの存在だ。

今度はダーシーがクリフに問う。

「それより、五歳の子供に全てを押しつけて問題ないの？」

「ならお前は残るか？」

「冗談じゃないわ」

ダーシーは紅茶を一口飲むと、これまでの不満を口にする。

「将来的に自由になれると知らなかったら、こんな田舎に嫁がなかったわ。田舎で貧しいし、問題ばかりで嫌になる。ただ、何も知らない子供を騙《だま》したのは気が重いわね。人形を側に置いたのは、せめてもの情けかしらね？」

クリフが笑みを浮かべていた。

「人形を側に置く貴族など、ただの笑いものだろうに。あの子は一生、そのことで陰口を叩《たた》かれるぞ」

「別にいいわ。私には関係のない話よ。リアムが当主になれば、それまでだもの」

メイドロボ――人形と呼ばれるアンドロイドを側に置くというのは、貴族社会的に問題があった。

貴族が側に人形を置くなんて、と蔑まれてしまう風潮がある。

「でも、下手な使用人よりも信用できるわ。うちにはまともな騎士も家臣もいないのよ。それに、あの子に何かあれば、私たちはここに戻って来ることになるわ。それは嫌よ」

「確かにそれは勘弁して欲しいな」

ダーシーは、リアムではなく今後のことを心配していた。

「本当に五歳の子供に爵位を押しつけても問題ないのかしら？　あとで文句を言われない

でしょうね？」

我が子であるリアムの心配は一切していない。

クリフは乗務員に酒を持ってこさせ、受け取ると一気に飲み干した。

全てから解放され、今はとても気分が良かったのか首元を緩めている。

「心配するな。ちゃんと前例がある。ついでに、宮廷の許可も出ているよ。同じ事をやっている連中も多いから問題ないさ。今の時代、誰が領主をやっても同じだ。あんな辺境の領地は誰も欲しがらないから、文句だって出てこない」

五歳児に地位も財産も押しつけるのを、帝国が認めている。

異常なことだが、これには理由がある。

「帝国も辺境のことにあまり関わりたくないのさ。ちゃんと管理者がいて、義務を果たしていれば問題ないと認めてくれる」

星間国家で規模が大きすぎて、統治が非常に難しい。

しかも帝国は、その成り立ちから統治にあまり人工知能を活用できなかった。

使用は最低限にとどめている。

理由は、この世界の人類が自ら作り出した人工知能により滅びかけたためだ。

一度は人工知能に支配された人類。

だが、それをよしとせずに立ち上がったのが、帝国を作り上げた人々だったのだ。

そのため、人工知能を搭載した人形――メイドロボのような存在を、貴族たちはあまり快く思わない。

必要なら利用するが、それは最低限が望ましいというのが貴族社会の風潮だった。

ダーシーが出発したシャトルの窓から地上を見下ろす。

バンフィールド家の所有する惑星。

活気もなければ、人が宇宙に進出するような時代とは思えない景色が広がっている。

わざと文明レベルを抑制された惑星だ。

おまけに、莫大《ばくだい》な借金まで抱えている。

「いずれ領地のことを知れば、リアムは怒るでしょうね」

クリフは強い酒を飲み、顔が少し赤くなっている。

「俺のように自分の子に領地を押しつけ首都星に逃げてくるさ」

手に入れても嬉《うれ》しくない領地。

それがバンフィールド伯爵家の領地だった。

◇　◆　◇　◆　◇

両親が出ていき、しばらくしたバンフィールド家の屋敷。

俺は、五歳にして伯爵、そして惑星一つを支配する男になってしまった。

「まさに権力者だな。いや、王か？」

帝国には、バンフィールド家のような伯爵家は数多く存在する。
それこそ多すぎるくらいだ。
そのため、俺は帝国内ではその他大勢の貴族の一人に過ぎない。
だが、領地にいれば俺が王様だ。
絶対的な権力者である。
執務室の子供には大きすぎる椅子に座る俺に、執事のブライアンが報告を持ってくる。
「リアム様、メイドロボが到着いたしました」
ブライアンはバンフィールド家に長く仕えている執事だ。
屋敷のことを取り仕切っている。
見た目は少し細身の初老の男で、貴族の屋敷に勤めているだけあって格好はまともだ。
前世なら気後れしたかもしれないが、今の俺はブライアンよりも立場が上だ。
子供だが、不遜な態度で接してやる。
「そうか。連れてこい」
「はい。――入りなさい」
執務室のドアが開き、そこから入ってくるのは立体映像で見たメイドロボだった。
入室してくるのは、背筋が伸びて綺麗《きれい》な歩き姿だった。
映像と同じロボットが来ると考えていたが、実物は俺の予想を超えて美しかった。
動きに不自然さがない。

いかにもロボットです、と主張するものがなかった。

あるとしても、メイドロボと一目で分かるように肩の部分にタグが印字されているだけだ。それを隠さないように、メイド服は全て肩出しのデザインが採用されている。

見た目がほとんど人間であるため、見間違わないようにするための工夫だ。

それ以外で、見分ける方法があるのか怪しむ出来映えだ。

俺の目の前まで来ると、カーテシーと似た挨拶をしてくる。

スカートをつまみ上げてお辞儀をしてくると、綺麗な声で自己紹介をはじめる。

「はじめてお目にかかります。旦那様の天城《あまぎ》にございます」

機械らしい電子音声か、どこかぎこちなさを予想していたのに裏切られた。

まるで人が喋《しゃべ》っているようにしか聞こえない。

俺は自分のメイドロボに【天城】と名付けている。

黒髪で和風な感じも取り入れているため、実に似合っていると――思う。

ブライアンの反応を見るが、平然としているのでおかしなことはないようだ。

和名を不自然に感じることはないのだろう。

ブライアンが細かい説明に入る。

「今日から旦那様のお世話をさせようと思います。ただし、一週間に一度は、メンテナンスを受ける必要があるそうです」

「メンテ？」

俺が天城を見ると、挨拶が終わって背筋を伸ばして立っていた。

「定期メンテでございます。二時間程度で終了します」

「意外だな。もっと動くと思っていたのに」

俺が不満に思ったと感じたのか、ブライアンが慌ててメンテナンスの重要性を説いてくる。

「メンテと言ってもボディのチェックです。ボディの洗浄なども行います。本格的な故障があれば、メーカーでの修理が必要ですからね。そのために定期的なチェックは必要なのです」

一週間で、たったの二時間休めば問題なく動くと思えば凄《すご》いな。

それはそうと、俺は天城に向かって両手を伸ばす。

察した天城が歩み寄り、俺の小さな体を優しく抱き上げる。

持ち上げられた感触は、まさしく人肌だ。

胸を触ってみると、小さい手では摑《つか》みきれない大きな胸だった。

「男が理想とする柔らかさだ」

柔らかすぎず、張りもあって実に素晴らしい胸を持っていた。

ブライアンが戸惑いながらも注意してくる。

「リアム様、そのようなことを人前でされてはいけません」

長くバンフィールド家に仕えているブライアンは、俺の曾祖父の代から屋敷を取り仕切っていると聞いた。

そして、執事がいないと屋敷の維持が出来ないらしく、簡単にクビにできない人材である。

だが、主人は俺だ。

今更五歳児だからと取り繕うのも馬鹿らしいし、俺は最初から子供らしさを捨てることにした。

「何をしようと俺の勝手だ。それより、領内の状況を報告しろ」

ブライアンは、落胆した様子を出しながら自分のブレスレットに触れると、周囲に映像が浮かび上がった。

それらは領地の状態を数値やらグラフで表している。

地図なども表示されているが――それらが何を意味しているのか理解できない。

「――分からないな」

ブライアンも「そうでしょうね」といい、少し残念そうにしていた。

そもそも、分かるはずがない。

前世の俺は平凡なサラリーマンだ。

領地を治めることに関しては、ろくな知識を持っていない。

おまけに、星間国家で発展した世界だ。

素人の下手な考えなど役にも立たない。

元後輩の新田君は異世界転生物が大好きだと言っていたが、彼が憧れた現代知識で内政チートは出来そうにもないな。

新田君は自他共に認めるオタクだった。

彼には色々と教えてもらったが、今も元気にしているだろうか？

俺が会社を辞める前に、退社したので俺を貶《おとし》めた人間ではないのが救いだな。

もっと彼と話をしておけば良かったよ。

だが、弱ったぞ。

何をすればいいのか全く分からない。

それはつまり、何も出来ないのと同じだ。

いいことも出来ないが、悪いことも出来ない。

悪徳領主としても振る舞えない。

困っていると、俺を抱きかかえ胸を揉《も》まれている天城が口を開く。

「旦那様、私には統治を補佐する機能があります。よろしければ、旦那様のサポートを行いますが？」

「本当か？　だが、俺は何も分からないぞ。そんな状態でも補佐できるのか？」

何も出来ない俺の補佐をして、どうにかなるのだろうか？

そう問えば、天城は問題ないと返事をする。

「旦那様には、教育カプセルに入るのをお勧めします。その間、領内の管理を私が代行します。緊急処置と思っていただいて構いません」

それを聞いてブライアンが表情を変えた。

ブライアン的には、許容出来ないようだ。

「なりません！　人工知能に管理をさせるのは、帝国では悪とされています。許されるのはサポートまでとなっております！」

そんなブライアンの意見に、天城は理路整然と反論する。

「帝国にそのような規定はありません。あくまでも、人工知能の使用は最低限が望ましいとされているだけです。旦那様には統治に必要な知識もない現状では、私の提案は最善です。ですが、ここは旦那様の指示に従いましょう」

天城とブライアンが俺を見る。

天城が領主代行を行い、その間に俺は教育カプセルでお勉強か。

――教育カプセルとは、とても便利な装置だ。

液体の入ったカプセルに入ると、知識を脳へとインストールしてくれる。

おまけで肉体強化もしてくれる。

義務教育程の知識なら、カプセルに半年も入っていれば十分とされていた。

九年間で学ぶことを、半年にまで時間を短縮してくれる夢のような装置だ。

問題は、知識を叩《たた》き込み、肉体を強化しても、外に出て実際に勉強やら運動をしないと身につかないことか？

教育カプセルを使用しても、知識をインストールしただけでそれを活用するのは本人だ。

辞書を持っていても使わなければ意味がないようなもの、らしい。

カプセルから出ればリハビリも必要だ。

動かずに知識をインストールされ、以前よりも強くなった肉体の扱いを覚えなければ日常生活を送るのも危ういらしい。

あと、カプセルに入っている間は、眠っている状態だ。

他のことが何も出来ない。

それでも、普通に勉強するより何十倍も効率が良いと聞く。

空中に表示されている数字やらグラフを見ても、これがいったい何を示しているのか分からない今の俺では何も出来ない。

——なら、どちらを選ぶかなど決まり切っている。

「ブライアン、カプセルの用意をしろ。天城、俺がカプセルに入っている間は、領内を任せるぞ」

「リアム様！　それはなりません！」

ブライアンが怒鳴ってくるが、天城は「お任せください」と返事をしてくる。

どうやら天城は、俺の命令以外には従わないようだ。

素晴らしい。

生身の女とは大違いだ。

ただ、面倒ながらも俺はブライアンを説得する。

「ブライアン、よく聞け。何も知らない俺が、領内のことに口を出す方が怖いだろ？　これは必要なことだ」

「そ、それはそうですが、醜聞というものがありますぞ」

「少しの間だけだ。分かったら準備をしろ」

そもそも、任せられるなら任せていい。

人工知能だから駄目と言うが、俺には関係ないな。

それにしても弱ったな。

領民から搾り取るにしても、勉強が必要なんて思わなかった。

ただ、しばらくは大人しくしておこう。

俺の体はまだ子供。

いずれ領民を虐げ、税を搾り取るにしても子供の体では頼りない。

天城の胸を揉みながら、俺はそんなことを考えていた。

◇　◆　◇　◆　◇

バンフィールド家の領地。

そこは元の世界と比べても、随分と文明レベルが低かった。

理由は、領民に快適な暮らしをさせる必要がないからだ。

教育カプセルが存在するため、高度に教育された人材が欲しければ拾い上げて育てるだけでいい。

領主たちからしてみれば、適度に人口があって、文句を言わずに働いて税を納めればそれでいいのだ。

バンフィールド家以外でも、帝国には中世レベルの暮らしを強要する領地もある。

領民たちにとって貴族たちは絶対的な存在だ。

そして、長い間――バンフィールド家に支配されてきた領民たちは、領主が代替わりしたと聞いて不安そうにしていた。

街の雰囲気は暗く沈んでいる。

寂れた酒場では、疲れた顔をしたマスターが仕事帰りの客と話をしていた。

話題にするのは、当然リアムのことだ。

「聞いたか？　今度の領主様は弱冠五歳だそうだ。若すぎるにも程があるだろ」

マスターが磨いたグラスを確認しながら、客に答える。

「――また代替わりを理由に、臨時で徴税するかもしれないな」

先代のクリフの時も酷《ひど》かった。

もう――〝何百年〟も前のことだが、マスターは今でも覚えている。

人が長く生きる世界では、何百年も生きることなど珍しくもない。

「俺が若い頃は、代替わりを理由に随分と荒っぽく税を取り立てていたよ」

バンフィールド家は、先代、先々代と酷い領主たちが続いていた。

リアムから見れば曾祖父の頃は、今とは違ってバンフィールド家は発展していた。

実際、リアムの曾祖父は名君だったが、今ではその頃の面影はどこにもない。

全て、二代続けて暗君が続いてしまい、その時の財を食い潰してしまったのだ。

昔の方が幸せな暮らしをしていた――というのが、老人たちの話題だ。

若い世代は苦しい時代しか知らない。

客は安くてすぐに酔える酒を一気に飲み干し、不満をぶちまける。

「俺たちはあいつら貴族の家畜かよ！」

「あまり大声で言わないことだ。ま、次の領主様に期待しようじゃないか」

「期待できるのか？」

「可能性はゼロじゃないさ。限りなくゼロに近いだろうけどな」

「期待なんて出来るかよ」

客は搾り出すように呟《つぶや》き、カウンターに突っ伏す。

領民の誰もがリアムに期待などしていなかった。

リアムが領地を継いでから二年が過ぎた。

バンフィールド家の執事であるブライアンは、今日も屋敷を見て心の中で嘆く。

先々代のバンフィールド伯爵――リアムの祖父が建て直した屋敷は、控えめに言えば独創的。

悪く言えば、悪趣味だった。

客人が来ると顔をしかめ、もしくは屋敷の話題に触れないようにする。

苦笑いをする客が実に多い。

廊下も曲がりくねり、迷路のようになっている。

新人の使用人が迷うことも珍しくない。

ブライアンが廊下を歩いていると、物陰に隠れて使用人たちがお喋《しゃべ》りをしていた。

若い男女だ。

若い男は庭の手入れをする庭師だが、機械に任せて遊んでいた。

ミニスカートが制服のメイドを口説いている。

「いいだろ？」

「でも見つかったら怒られるわよ」

「平気だって。使っていない客室くらいあるだろ？」

「あるけど――内緒よ」

男がメイドの肩を抱き寄せると、二人は仕事を放り出して去って行く。

執事であるブライアンが来ても悪びれず、挨拶すらしない。

先代であるクリフの時代では、使用人を雇う際には容姿が重要視され、必要な能力やら人間性はほとんど無視されていた。

そのため、このような意識の低い者が大勢集まってしまった。

ブライアンはそれを歯がゆく思うのだ。

「何ということか。これでは、アリスター様に申し訳が立たない」

昔は違った。

それこそ、ブライアンがバンフィールド家に仕えはじめた頃は、もっとしっかりした屋敷で使用人たちも真面目だった。

リアムの曾祖父であるアリスター・セラ・バンフィールドは、名君と呼ばれた男だ。

そんな主人に仕えることが出来て、当時のブライアンは誇らしかった。

それが、跡を継いだリアムの祖父が原因で、領地経営は傾いてしまった。

そこから転げ落ちるのは早かった。

借金は膨らみ、バンフィールド家の名声は地に落ちた。

そして、そこからバンフィールド家の暗黒時代が始まる。

贅沢《ぜいたく》の限りを尽くして伯爵家の財産をあっという間に溶かすと、その後は領民たちに重税を課して搾れるだけ搾り取った。

それでも贅沢が止《や》められずに、借金にまで手を出した。

借金が膨らむと、逃げるように先々代はクリフに全てを押しつけ自分は首都星に逃げ込んだ。

――暗愚だった。

そんな父を見て育ったクリフも同様である。

かつての面影がない伯爵家を悲しむブライアンだったが、執務室に来ると服装を整えて背筋を伸ばす。

ドア横の電子機器が反応を示すと、室内に声が届くようになる。

「リアム様、ブライアンでございます」

電子機器からはリアムの声がした。

『――入れ』

幼子に似合わない落ち着いた声に、ブライアンは少し動揺する。

ドアが開いてブライアンが部屋に入れば、横に天城《あまぎ》を立たせたリアムが執務室で領内の状況を確認している。

天城はまるで秘書のように、リアムのサポートをしていた。

リアムは幼子とは思えない顔付きで、不満を隠そうともせず苛立《いらだ》っている。

「リアム様、何かご用でしょうか？」

執務室の机は大きな大人用だが、リアムのために子供用の椅子を用意している。

そんな椅子からリアムが降りると、腰の後ろで手を組んだ。

執務室を歩き始めるが、子供が随分と偉そうにしているように見える。

だが、リアムは実際に偉い。子供ながらに領主で伯爵だ。

この惑星では、誰もが逆らえない存在だった。

「――ブライアン、俺は今まで屋敷から出た事がなかった」

「はい。数日前まで、リハビリと教育を受けておりましたからね。運動も屋敷内に設備が整っておりますし」

少し前まで、リアムは教育カプセルで眠っていた。

通常は半年のところを、一年かけて丁寧に勉強と肉体強化を行った。

そして、その後は外に出ると、リハビリとしてインストールした知識の確認やら強化された肉体のチェックが待っていた。

それ以外にも、外に出ずとも中庭があるため、無理をして屋敷の外に出る必要がなかった。

今のリアムには、外に出る用事もない。

だからリアムは気が付かなかったのだ。

――自分が住んでいる屋敷がいかに悪趣味であるかということに。

「気になって屋敷の外に出て見たが、この屋敷は酷すぎると思わないか？」

同意したいブライアンだが、執事として先々代の趣味を貶《けな》すことは出来ない。

「とても独創的だとは思います」

「そんなお世辞はいらねぇよ！」

リアムが激怒して、小さな体で地団駄を踏んでいた。

そしてリアムは天城に視線を送ると、ブライアンの周囲に先々代や先代のクリフが建てた屋敷が投影される。

屋敷、別荘、数多くの建物がブライアンの周囲に投影された。

どれも酷い形だった。

センスの欠片《かけら》もなく、悪意すら感じる屋敷ばかりだ。

「馬鹿なのか？　馬鹿だよな!?　何で奇抜な形にこだわる！　住みにくいんだよ！　あと、恥ずかしくねーのかよ！　俺は恥ずかしいよ！」

（リアム様のセンスが普通でこのブライアンは安心しましたぞ）

ブライアンは、リアムの感性が普通でちょっと嬉《うれ》しくなる。

だが、酷い屋敷が数多く存在する事実は変わらない。

中には、バンフィールド家の親族に与えられた屋敷もあるのだが、財政状況を知っている親族たちは、既に首都星に逃げているため領内には誰も残っていなかった。

リアムが五歳で地位も領地も問題なく引き継げたのは、親族が反対しなかったのも大きな理由だ。

そもそも、誰もこんな領地はいらなかった。

おまけに譜代の家臣や――騎士も不在だ。

騎士とは訓練された兵士たちとも違う存在だ。

鍛えられた兵士よりも強く、人外の実力を得た者たち。

そんな者たちは、帝国では多くが国や領主に仕えている。

優秀な戦士であり、同時に指揮官もある。

何でも出来る有能な存在――なのだが、そんな騎士がバンフィールド家には一人もいない。

理由はバンフィールド家の財政状況を知り、譜代の家臣たちが他家に仕官するか先々代に従い首都星について行ってしまったからだ。

おかげでリアムには、家臣と呼べるような騎士がいない。

役人や軍人、使用人などは幾らでもとは言えないが何とか揃《そろ》えられる。

しかし、騎士だけはどうにもならない。

今の領内は、有能な家臣が一人も存在しない状況だった。

（お労《いたわ》しい。幼子に全てを押しつけて都に逃げるなど、アリスター様の時代では考えられなかったというのに）

ブライアンを前にリアムが宣言する。

「屋敷は全て解体しろ。この屋敷もいらん。俺に相応《ふさわ》しい屋敷を用意する」

　それを聞いたブライアンが慌てる。

「そ、それでは、他の屋敷や別荘を管理している者たちはどうされるのですか？」

　リアムは忌々しそうにしていた。

「興味がない。クビにしろ」

　いきなり解雇は困ると思っていると、天城がフォローしてくる。

「旦那様、使用人たちには再就職先を用意しましょう。それから、お屋敷を新たに建てるのは少々お待ちください」

「何故《なぜ》だ？」

「解体は賛成です。維持費の負担が減りますからね。ですが、旦那様に相応しいお屋敷を用意するとなると時間がかかってしまいます。なので、本格的なお屋敷を用意する前に、繋《つな》ぎとして必要最低限の機能を持つ住居を用意してはいかがでしょうか？」

　立派な屋敷を建てる前に、必要最低限の屋敷を用意する。

　ソレを聞いてブライアンは安堵《あんど》した。

（新たに借金を作るよりはマシか。いや、解体費用の捻出でまた借金だろうか？　だが、無駄に広くて奇抜よりはマシだな）

　リアムは少し考え、頷《うなず》くと天城の提案を採用した。

「そうだな。俺の屋敷は時間をかけて丁寧に造るべきだ。それはそうと、金は用意できるのか？」

　天城はすぐに今後の予定について話をする。

「それでしたら、伯爵家の軍を再編するべきかと」

「軍の再編？」

　領主貴族は軍を持つことが出来る。

　自分の領地を守るため、帝国から与えられた権利だ。

　リアムは領内の状況を確認し始めたばかりで、まだ詳しくない様子だった。

　天城がデータを見せると、それにリアムが感心している。

「宇宙戦艦が三万隻もあるのか？　凄《すご》い数だな」

　天城は頷きつつも、実情を伝える。

「はい。ですが、稼働率は二割を切っております」

　三万隻もあるが、動いているのは六千隻もなかった。

　おまけに随分と古い旧式のため、張り子の虎の三万隻だ。

「現状では不用な数です。ですから、維持できる数まで減らします。最低限必要な三千隻まで軍を縮小しましょう。維持費が桁違いに安くなりますよ」

　天城のプランを聞いて、ブライアンは驚いてしまう。

「た、たったの三千ですと!?」

　リアムなど、その数字にあまり実感を得てない。

「それって多いのか？　少ない気もするし、判断に困るな」

ブライアンは、このまま天城のプランを採用されるとまずいと思ってリアムに進言する。

「お待ちください！　伯爵家は通例として一万隻を保有するようになっております。帝国も推奨しておりますし、いきなり十分の一に軍縮など反対です！」

リアムが首をかしげていた。

「そうなのか？　だけど、稼働率二割だぞ」

確かに稼働率が低すぎるのだが、急に軍縮を行うと問題も多かった。

「稼働率だけの問題ではありません。数を急激に減らせば、それだけ周囲に侮られるのです。周囲の貴族たちだけではなく、海賊たちも集まってきますぞ！」

戦力を十分の一まで減らしてしまえば、あの家は金がないのかと貴族たちが侮る。

時には同じ帝国貴族同士でも戦争をする世界だ。

侮られるというのは、大きなデメリットになる。

そして、この世界には厄介な連中がいた。

海賊――この世界には宇宙海賊たちが存在している。

時に大きな海賊団は、領主たちでも敵《かな》わないことがある程だ。

そんな海賊団への見せかけの軍備として、数というのは大事になってくる。

三万隻もあるなら、海賊たちも無理をしてまで攻め込まないからだ。

だが、天城はそんなブライアンの意見に反論する。

「現状では、百隻の海賊たちを相手にするために千隻の艦艇が必要になります。それだけ、装備が旧式で、人員の練度も低いのです。そのような使えない軍隊よりも、規模を縮小してでも使える軍隊を揃えるべきです」

リアムの決断は早かった。

「なら、軍縮で」

ブライアンの意見と真っ向から対立したのに、リアムは即決で天城の提案を受け入れてしまった。

「リアム様ぁぁぁ！」

ブライアンが涙目になるが、リアムは聞き入れない。

「使えない部下は必要ない」

天城は淡々と軍縮計画を練っていく。

「では、すぐに再編に取りかかりましょう。これで予算を確保できそうですね」

「まったく、意味のない見栄《みえ》を張りやがって。二万四千隻も動かない宇宙戦艦とか、飾りでも邪魔だわ」

それを聞いてブライアンは不安に思う。

リアムが安易に人工知能の意見を取り入れているのが問題だった。

「リアム様、人工知能に頼りすぎですぞ！　リアム様は機械を使う側であって、使われてはなりません！　それに、他家がバンフィールド家を落ち目と決め付け、侮ってきます」

リアムが鼻で笑う。

「まるでバンフィールド家が落ち目じゃない言い方だな。他に代案がないなら黙っていろ」

ブライアンが肩を落とした。

代案などあるわけがない。

そもそも、ブライアンの仕事は執事だ。

内政やら軍事に口など出せない。

リアムは天城《あまぎ》に視線を向けて、今後のことを尋ねるのだ。

「だが、数が少なすぎるのも問題だな。俺は軍備を軽視しているわけじゃない。いずれは元の数に戻せるのか？」

リアムの意見を聞いて、ブライアンは少しだけ見直した。

（何と。しっかり考えておられたのですね）

天城はリアムの考えに同意する。

軍隊を減らしただけでは、終わらないようだ。

「いずれは、伯爵家に相応しい軍隊を揃えます。再教育、再訓練で精鋭に仕上げ、その後は領内の財政状況に応じて規模の拡大を行いたいと思います」

天城としては、遊んでいる人員を民間に戻して領内の活性化を行いたいようだった。

リアムもそれを聞いて納得する。

「張り子の虎なんかいらない。必要なのは戦える軍隊だ。天城、再編を進めろ。いずれ、伯爵家に相応しい――いや、俺に相応しい艦隊を手に入れる」

リアムがブライアンを見た。

「ブライアン、文句があるか？　いずれ三万隻だろうと揃えてやる。今は三千で我慢しろ」

ブライアンは、冷や汗をハンカチで拭いつつ返事をする。

「あ、ありません」

リアムは、ブライアンの返事に満足してから天城を見た。

「天城、すぐに実行しろ」

「はい、旦那様」

――ブライアンは思った。

(子供ながらにこの決断力――まるでアリスター様を思い出す)

ブライアンは、優秀だったアリスターとリアムを重ね合わせて見る。

ただ――。

「よし、問題の一つは解決したな。天城、抱っこだ」

「はい、旦那様」

――惜しむとすれば、人形である天城に抱かれて人前で堂々と甘えることだろう。

(リアム様、このブライアンの前で堂々と天城に抱えられながら胸を揉《も》まないでください。

どんな顔をすればいいのか分かりませんぞ！）

ブライアンは心の中で泣いた。

◇　◆　◇　◆　◇

――想像以上に酷《ひど》かった。

教育カプセルを出て、リハビリを終えた俺は領内の状況に啞然《あぜん》とした。

インストールした知識のおかげで、色々なデータを見るとそれが何を示しているのか嫌でも理解してしまう。

よく分かってしまうから――余計に酷いのだ。

「こんなの――搾り取ろうにも、搾りかすも出ねーよ！」

俺が転生したのは、科学と魔法で発展した世界――のはずだ。

領民たちの生活は、俺が前世で暮らしていた日本よりも酷い。

下手をしたら近代レベルだ。

星間国家だぞ。

宇宙戦艦がビームを撃ち合って戦争する世界なのに、まるで俺の領内だけ時代に取り残されている。

おまけに活気もない。

税だってギリギリまで搾り取っている。

これ以上は、虐げたくても虐げられない。

俺が何かをするまでもなく、悪徳領主としてやり尽くした後のような領地だった。

「何で領内を発展させないんだよ！」

俺の文句に対して、天城が淡々と説明する。

「黙っていても発展するからです。領主貴族にしてみれば、放置して発展するならその方が楽ですから。また、あまりに発展させすぎると、管理する手間も増えてしまいます」

それが理由なのか!?

「人工知能を使えよ！」

「使ってはいますけどね。最低限、という独自ルール内で頑張っておりますよ」

税を搾り取り、それでもギリギリ発展するだけの余力を与える。

黙っていれば人は増えるし、知識や必要な人員が欲しい場合はカプセルに放り込んで教育すればいいと考えていたようだ。

領民に無駄な知識は不要とばかりに、随分と虐げている。

──俺が手を出す余地などなかった。

悪徳領主としていきなりつまずいてしまった！

「これ、俺は両親に酷い領地を押しつけられただけじゃないのか？」

あの案内人、俺を騙《だま》したのか？

そんな考えが頭をよぎったのだが、天城が俺を諭してくる。

「旦那様、確かにバンフィールド家の領地は酷い状況です。ですが、ここからは上がるだけとも考えられます。正しく税を運用すれば、十年後、二十年後には相応の成果が得られます」

この世界、人の寿命はとても長い。

成人の年齢が――五十歳だ。

五十歳でも、外見は前世でいうところの十三歳前後になる。

戦争もあるので平均寿命はあてにならないが、三百歳から四百歳とも言われている。

六百歳も普通にいるらしい。

それを考えると、二十年は短く感じられた。

「二十年か」

「はい。二十年で領内を発展させることが出来ます」

天城が言うなら間違いないな。

まずは二十年――様子を見よう。

俺が領民たちから搾り取るにしても、今の状況では面白くもない。

それに、俺の体はまだ幼い。

時間はたっぷりあるのだし、しばらく領内へと投資することにした。

後で回収すれば何の問題もない。

「最低限必要な予算以外は、全部領内整備に回せ。後でしっかり回収してやる。それから天城——俺は力が欲しい」

さて、暇な間に俺は色々と手に入れておくべきものがある。

「力でございますか？　軍備なら——」

「違う。個人の力だ。俺自身の力だ」

「個人の？　体を鍛えたいと？」

「そうだ。武芸でも何でもいいから強くなりたい」

前世、俺は単純な暴力に怯《おび》えた。

借金の取り立てに来る、厳《いか》つい男たちが怖かった。

暴力など無意味と思っていたが、あのような状況になると力は必要だと考えを改めた。

他者を踏みつけるために——俺は強さが欲しい。

他者を恐れないだけの力が欲しい。

他者を踏みにじる暴力が欲しいのだ。

そのために強くなりたかった。

「旦那様には必要ないと思います。必要最低限でよろしいかと」

「駄目だ。一流の指導者を用意しろ。そこに予算を惜しむな。これは必要経費だぞ」

全ては奪われないために。

俺が奪う側になるために——力が欲しい。

◇　◆　◇　◆　◇

そこは世界の狭間《はざま》とも言うべき場所だった。

周囲は黒く何も見えない。

そんな場所にいるのは、ニタニタとしている案内人だ。

まるで地面にでも置いたような旅行鞄《かばん》に腰掛け、楽しそうに映像を見ている。

見ているのは、数年でやつれてしまったリアムの元妻——前世の元妻だ。

疲れ切った顔をして道を歩いていた。

「随分とやつれてしまっていますね。髪もボサボサで服も安っぽいしヨレヨレではありませんか」

貯金を切り崩しながら、何とか娘と二人で生きている。

そんな元妻の変わり果てた姿を見て、案内人は満足そうにしている。

案内人の周囲には、同じように不幸になった人たちの映像が浮かんでいる。

自ら手を出し、不幸にした人間たちだ。

そうした彼らの負の感情が、案内人を満たしてくれる。

——力が湧いてくるのだ。

「おっと、おまけ程度で楽しんでもいられませんね。リアムさんの状況も確認しなければなりません。あ〜、忙しい忙しい」

手を伸ばすと、違う映像がそこに浮かび上がった。

——リアムは七歳になっており、何やら人形と話をしていた。

クックックと案内人が笑う。

「生身の女性が信じられずに、精巧に出来た人形を側《そば》に置くとは滑稽ですね。おまけに、それが貴族として社会的な地位を危うくしていると気が付いていない。何と楽しい状況でしょうか」

不幸な環境にいるというのに、まだ気が付いていないのもポイントが高かった。

「ここからジワジワと弄ぶのも——おや？」

映像の中、リアムは力が欲しいと言っている。

前世で暴力に怯えた人間が、来世で力を望む——案内人は嬉《うれ》しくてたまらない。

「奪われないために力が欲しい、ですか。何とも凡人ですね。だが、それがいい！」

案内人が手で映像に触れる。

体から黒い煙が発生し、映像に染み込んでいく。

「素晴らしい逸材を用意して差し上げますよ。アフターサービスもしっかり行うのが、私のポリシーですからね」

リアムの師となる男を探し、無理矢理に縁を繋《つな》げた。

こうすれば、後はどうやってもその男がリアムの武芸の師となる。

本来であれば、優秀な師が来てもおかしくないが――案内人が用意した剣の師は、優秀と呼べるような男ではなかった。

「楽しんでくださいね、リアムさん。いずれ破滅するその時には、必ず迎えに行きますよ」

口元しか見えない案内人は、三日月のような口でリアムを見ているのだった。

◇　◆　◇　◆　◇

バンフィールド家の宇宙港。

そこに一人の男が到着する。

着物姿で袴《はかま》の色は紫、髪はボサボサで無精髭《ひげ》を生やした浪人のような風貌をしている。

腰には刀を差していた。

「――随分と辺鄙《へんぴ》な田舎だな」

男の名前は【安士《やすし》】。

ボサボサに伸びた髪と髭。

格好はだらしないが、リアムに武芸を教えるためにやって来た男だ。

本来ならば、安士ではなく本物の達人が来る予定だった。

だが、バンフィールド家の悪行などを〝偶然〟にも知り、その男は依頼を断りたかった。

そもそも、バンフィールド家が報酬を支払うのかも怪しい家だ。

そこで、達人は安士をバンフィールド家に紹介した。

「ちくしょう——あいつに借金さえなければなぁぁぁ」

肩を落として落ち込む安士の姿は実に情けなく、とても武芸を修めた男には見えない。

安士は借金の帳消しを条件にこの仕事を引き受けたのだ。

だが、寂れて活気のない宇宙港を見て、早くも後悔し始める。

「本業としてもこんな領地には来たくないな」

——この男、ハッキリ言って強くない。

色んな武芸を学んではいたが、どれも長続きせずに中途半端で投げ出してフラフラしていた。

武芸を極めたと法螺《ほら》を吹き、手品のような技を披露して日銭を稼いでいるような男だ。

「依頼主はガキだって言うし、騙すくらい簡単かな。それにしても、俺に武芸を教わるなんてそのガキも可哀想《かわいそう》だな」

一応、基礎は学んでいるので教えるくらいは出来る。

だが、教えられるのは基礎だけだ。

技やら奥義などは無理だ。何しろ、安士が知らない。

そして、その基本すら最近では怪しいレベルだ。

それでもこの依頼を受けたのは、単純にお金がなかったからである。

「ま、どうにかなるか」

わがままなガキならすぐに飽きるだろうし、適度に褒めて気分良く指導してやれば満足するだろうと簡単に考えていた。

「それにしても刀か。格好もそれっぽくしてきたが――変わっているな」

この世界にも刀は存在しているが、メジャーという程ではない。

根強い人気が確かにあるが、やはり多くは西洋剣を選ぶ傾向が強い。

安士も久しぶりに刀を持った。

「さて、うまく騙して金を搾り取ってやりますか」

この男――本業は香具師《やし》である。

芸を披露して金を得るような男が、案内人の悪意によってリアムの師に選ばれたのだった。

何やら雰囲気のあるオッサンがやって来た。

奇抜な屋敷の庭先で、オッサン――安土師匠は俺の前で正座をしている。

芝生の上で正座をしている姿は、凜《りん》としていた。

無精髭を生やし、ヨレヨレの着物姿は、まるで浪人のような姿だが何だか雰囲気が違う。

これが本物の武芸を身につけた男なのだろう。

「――リアム殿」

ゆっくりと、そして静かに師匠が俺の名前を呼んだ。

「は、はい！」

萎縮していると、師匠は俺に笑顔を向けてくる。

「緊張する必要はありません。まずは、拙者の流派について説明しておこうと思います」

師匠は刀を見せてくる。

この世界にも刀が存在していたので、どうせ学ぶならこっちがいいと選んだだけだ。

深い理由もなく選んだが、結果的には正解だろう。

こんな人に教えて貰《もら》えるなら、刀を選んだことは間違いではなかったな。

「リアム殿、我が流派の奥義は必殺の秘技。無闇に見せてはなりません。ですが、拙者の実力を見たいでしょう。なので、特別に一度だけ奥義をお見せしましょう。ただし！　関係者以外は見ないでいただきたい。リアム殿お一人で見ていただく」

いきなり奥義を教えてくれるとは思わなかった。

もっと出し渋るかと思っていたが、優しそうな雰囲気と剣を教える事への真剣さ――師匠は、きっと人としてもかなり出来ている人だ。

俺の後ろにいる天城《あまぎ》が、疑ったような視線を師匠に向けている。

「安全面の問題から、それは許容出来ません」

「天城、失礼だぞ」

注意するが、天城は譲らない。

「いえ、旦那様の安全は最優先事項です」

師匠は表情を変えず、怒った様子はない。

だが――静かにハッキリと言い切る。

「それでは、この依頼をお引き受けできません」

権力者を前にしてこの余裕！　この人は本物だ。

きっと、自らの強さに自信があるのだろう。

俺は――この人から学びたい！

「天城、俺が許可する！」

天城は俺の強い希望に反対できず、渋々と納得しているようだ。

「――何かあればすぐに助けをお呼びください。それからこちらを」

「何だ？」

受け取ったのは端末だった。

「詐欺師のような剣術家も多いそうですから、これを使って調べてください」

「調べるだと？」

「はい。詐欺行為に使用される道具を関知します。――よろしいですか？」

天城の視線が師匠に向かうが、師匠は笑顔で座っていた。

「構いませんよ」

「では、この場から離れます。旦那様、くれぐれもご注意ください」

そう言って離れていく天城を見送り、俺は師匠と二人だけになった。

師匠は立ち上がって用意していた丸太を手に取り、俺に手渡してくる。

「これを斬るのですか？」

何の変哲もない丸太だ。詐欺行為を見抜く端末も反応を示さない。

「えぇ、そうです。では、拙者の周囲に――刀の届かない位置に配置します。リアム殿が好きな場所を指定してください」

言われて丸太をどこに置くか、指定すると師匠が丸太を地面に刺していく。

師匠を中心に、バラバラに配置された丸太。

刀を抜いても届かないものばかりで、中には五メートル以上も離れている丸太もある。

師匠は刀を鞘《さや》にしまったまま、奥義について解説する。

「リアム殿、我が一閃《いっせん》流の奥義は武の極み、そして魔法との合わせ技になります。技などこれ一つで十分。他は基礎のみに力を入れています」

俺が師匠の雰囲気に息をのむ。

この世界の剣術はファンタジー剣術だ。

斬撃が飛び、物理法則を無視したような技も沢山ある中で、名のついた技など一つあれば十分というのは、何とも極端な考えを持つ流派だ。

一閃流か――きっと凄《すご》い流派なのだろう。

「奥義はみだりに見せたりしてはなりません。なりませんが――極めれば、見られようと何の意味もない。これが、極意――奥義である一閃です」

そう言って師匠は一度だけ左手の親指で刀の鍔《つば》を押し、そして戻してパチンと小気味良い音を立てた。

自然体でそれだけの動きを見せただけで――。

「師匠、どうしました？」

黙り込む師匠を不思議に思って声をかけると、離れた丸太が地面に落ちる音が聞こえて振り返った。

「――嘘《うそ》だろ」

――丸太が全て斬られて、地面に落ちていた。

切断面も綺麗《きれい》で、丸太ごとに全て違う太刀筋で斬られている。

刀の届く距離ではないし、居合いのような技なのだろうか？

そもそも――いつ刀を抜いた？　見えなかったぞ。

それが分からずに困惑していると、師匠は深呼吸をしていた。

「これが一閃流の奥義でございます」

驚いて端末を見るが、一切反応していない。

「いつ、斬ったのですか？」

驚く俺に師匠がもう一度だけパチンと刀を鳴らして見せた。

またも丸太が斬られたが、その丸太は師匠の真後ろにあったものだ。

端末は詐欺行為がなかったのか無反応であり、俺は唖然《あぜん》としてしまう。

「それは一閃流を学ぶ過程で分かってくるでしょう。己で答えを探すのも、一つの修行ですよ。さて、それでは問いましょう。一閃流を学びたいですか？」

そんなの決まっている！

俺は大きく頷《うなず》いた。

「はい！」

凄いな、ファンタジー世界！　こんなに凄い技があるなんて思いもしなかった！

これを極めれば、俺は強くなれる！

◇　◆　◇　◆　◇

目を輝かせているリアムを見た安士《やすし》は思った。

（こいつ騙《だま》されやすいな）

幼子を騙すことに多少の罪悪感はあるが、生きていくためには稼がなければならない。

（俺みたいな素人に毛の生えた程度の男に剣を習うとか、こいつも運がない）

リアムの前では「拙者」と自分を呼び、いかにも強そうな雰囲気を出していた。

だが、中身は剣の達人ではない。

雰囲気だけの男――それが安士だ。

（ま、貴族なんてどいつもこいつも悪い奴《やつ》ばかりだ。精々、稼がせてもらうとしますか）

視線は先程斬った丸太に向かう。

自分を凄く見せるために行った先程の技だが、ただの手品だ。

丸太は元々斬ってあり、リアムに触らせた丸太には細工をしていなかった。

途中で入れ替えたのだ。

（悪く思うなよ。こんな単純な仕掛けに気付かないお前が悪いんだ）

安士はリアムの持つ端末を見て、心の中で胸をなで下ろした。

（ふ～、しかし焦ったぜ。でも、よく見抜かれなかったな。詐欺行為を見抜かれたら、魔法を使用しているから反応した～、って言って逃げ切ろうとしたのに。故障でもしていた

のか？　ま、どうでもいいか）

詐欺行為を見張っていた道具だが、これには一つの欠点があった。

高度な詐欺行為には反応を示すが、原始的な手品などには反応を示さないのだ。

つまり、安士の仕掛けが下手すぎて反応を回避してしまった。

安士はリアムに声をかける。

「では、すぐに基礎から学びましょう」

「はい、師匠！」

自分を信じて疑わないリアムを見て、安士は心の中でほくそ笑む。

◇　◆　◇　◆　◇

安士がリアムに剣を教えるようになって三年が過ぎた頃だ。

リアムは、毎日のように安士が教えた基礎を繰り返していた。

その様子を安士は遠くから見ている。

「子供って言うのは物覚えが早くて羨ましいね。さて、次は何を教えるべきだろうか？」

基礎は刀だけではなく、槍《やり》、素手、小刀、色々と教えていた。

理由は、他の武器の特徴を知るためと、それっぽいものでリアムを言いくるめた。

別に意味などない。

そもそも、安士に教えられることは少ない。

リアムに教えつつ、無料動画などで調べた武芸の基礎などをソレっぽく教えることが大半だった。

修行中に偉人の名言などをリアムに言ってやれば、勝手に納得してくれるので楽が出来ていた。

木陰で休んでいる安士は、新しい屋敷へと視線を移す。

以前の奇抜な屋敷は解体されており、代わりに用意されたのは随分と質素な屋敷だった。

伯爵家の屋敷とは思えない慎《つつ》ましさだ。

「バンフィールド家なんて悪い噂《うわさ》が多い家なのに、随分と質素な生活をしているな」

だが、安士への待遇は悪くない。

むしろ、かなり大事にされており、安士としては拍子抜けした程だ。

「貴族様ってのは、もっと怠惰で横暴だと思っていたが――あのガキ、偉く真面目だな」

リアムは、安士の知っている貴族とは何かが違っていた。

今日も必死に基礎を繰り返している。

「貴族が強くなっても意味がないと思うけどな。部下が守ってくれるだろうに」

欠伸《あくび》をする安士だが、何も問題がない――わけではない。

僅か三年で、安士はリアムに教えることがなくなりつつあった。

基礎も真面目に繰り返し、物覚えのいいリアムだ。

むしろ、自分よりも強くなっている。

下手に口や手を出せば、ボロが出るので何も出来なかった。

そのため、今は見守るだけにしている。

「見ているだけで楽だけど、あの人形が時々監視するからな。というか、なんであんな人形を側《そば》に置いているんだ？」

貴族は基本的に人形を側に置きたがらない。

持っていたとしても、隠し持つのが普通だ。

それもあって、安士にはリアムが変わり者に見えていた。

その理由も何となく察している。

「――何も知らない子供に爵位も領地も与えるとか、貴族というのは度し難いね」

リアムは貴族として特殊な環境で育っており、そのために世間知らずなのだろうと安士は勝手に納得する。

「ま、おかげで領地が発展するんだから皮肉だな」

以前の活気のない領地は、ここ数年で多少マシになっていた。

職業訓練を受けた元兵士や領民たちが、インフラ整備を行っている。

滞っていた領内整備が活発になり、領内に税金が今までよりも使用されていることで活気が出てきていた。

ただ、莫大《ばくだい》な借金が消えるわけがなく、貧乏に変わりはない。

「あのガキも可哀想《かわいそう》だな。何も知らずに頑張っているわけだ。泣けてくるぜ」

安士はリアムに少しだけ同情していたが、それだけだ。

騙していることを教えるつもりもないし、このまま甘い汁を吸うつもりだった。

ただし、安士は一つ気になることがある。

「でもあのガキ――汚職とか嫌いそうだから、バレたら俺も消されるかな？」

リアムは貴族として真面目な部類だ。

汚職を発見したらどうなるか？

安士は少しだけ不安に思うのだった。

◇　◆　◇　◆　◇

武芸を習い始めてしばらくした頃だ。

新しい屋敷が完成した。

簡易的なものを想像していたのだが、俺からすれば本格的で立派な屋敷に見える。

「もうこれでよくね？」

用意された簡易な屋敷のはずが、俺としては満足してしまっていた。

そもそも、十分な広さがある。

天井も高く、それに外見も普通に立派だ。

奇抜でも独創的でもない無難な屋敷は、生活に不便もない。

執務室で書類にサインをしていると、天城《あまぎ》が俺に今後の予定を尋ねてくる。

「旦那様、次のカプセルへ入る時期はいつ頃にしましょう？」

「もうそんな時期か？」

教育カプセルに入るのも時期がある。

時期というか、何十年も入って一気に教育を終わらせることが出来ない。

だから、成人するまでに何度か使用する必要がある。

「いつがいい？」

「いつでも問題ありません。今回は半年を予定しております」

「なら、近い内に入るわ。その間の統治はお前に任せるぞ」

淡々と仕事を片付けていくと、天城が一つの書類を見て手を止めた。

空中に浮かんだ電子書類を見て、次々に他のデータと書類の内容をチェックし始める。

「どうした？」

「この書類をご覧ください」

巧妙に隠しているが、役人が色々と細工した形跡が残っていた。

――横領である。

「――この書類を出した奴をすぐに呼び出せ」

普段よりも低い声が出てしまった。

天城は俺に一礼する。

「かしこまりました」

天城が連絡すると、数時間後に役人の中でも偉い立場にある男が屋敷へとやって来た。

◇　◆　◇　◆　◇

大きく腹の出た男は、高そうなスーツに身を包んでいた。

両手の指全てに宝石の付いた指輪をしており、いかにも金持ちという格好をしている。

それが嫌みなほど金持ちをアピールしていて——品のない男だった。

流石《さすが》の俺もこいつみたいな格好は出来ない。

その役人は、俺を前にしてニタニタと腹の立つ笑顔で話している。

「領主様、ご理解できないと思いますが、これは仕事をする上で必要な経費です。何事も書類上の数字だけでうまくはいきません」

書類の改竄《かいざん》について言い訳をさせたのだが、ペラペラと次から次に理由を口にする。

言っていることも一理あるため、俺は天城に意見を求める。

こういう時、人工知能は頼りになる。

余計な感情が入らないため、効率を優先してくれる。

「資金の横領を確認しました。他にも余罪を確認しております。そもそも、横領ですので領内整備の邪魔でしかありません。無駄な処理も多く、とても必要とは思えません」

天城が用意した電子書類を受け取って確認する。

目の前の役人について随分と色んな事が書かれていた。

よくもこれだけやって俺を前に笑顔でいられたものだ。

単純な横領から、人事への口出しとか賄賂とか——汚職役人の鑑《かがみ》だね。

外見はともかく、この仕事ぶりは俺も見習いたいくらいだ。

だが、その中の一つに目が留まった。

それは、こいつが部下を一人消しているという情報だった。

横領の罪を着せ、家族ごと処刑している。

これを見て、俺の中でこの役人に対する扱いは決まった。

役人が俺の前で顔を赤くし、説教をしている姿が滑稽に見えた。

「領主様、人形の言うことなど信じてはいけません。そいつらが前文明を滅ぼした張本人たちであり、人類の敵なのです。領主様は騙されていますよ。確かに、多少罪になることはしたかも知れません。しかし、この程度は皆がやっています。これも仕事をする上で必要な潤滑油《じゆんかつゆ》なのです。人形にはそれが分からないのです！」

俺は役人のどうでもいい説教を無視する。

腸《はらわた》が煮えくりかえるような思い出を、こいつは蘇《よみがえ》らせてしまった。

そのことだけでも、こいつが腹立たしくて仕方がない。

「おい――お前、部下を殺して楽しかったか？　横領の罪を着せてどう思った？」

「は、はい？」

「部下に罪をなすりつけて、自分は生き残って楽しいかと聞いている？」

「な、何のことですかな？」

冷や汗をかいている役人を見ていると思い出す。

前世の元上司を思い出した。

横領の罪を俺に着せた元上司――そいつと、目の前の役人が重なって見えた。

実に腹立たしい。

俺が黙って睨《にら》み付けていると、役人は視線が泳いだ。

「ま、まぁ、そんなこともあったかと」

俺は普段から持ち歩いている刀を手に取る。

それを見て、天城が止めに入るのだ。

「旦那様、いけません！」

刀を抜くと、役人は取り繕う余裕すらなくなったようだ。

俺を前にして本音をぶちまけてくる。

「こ、小僧！　一体誰のおかげで生きていられると思っている！　お前がこうして生きていられるのは、わしらが支えているおかげで――」

喚《わめ》いていたが、刀を抜いて役人に跳びかかりそのまま振り下ろして縦に両断した。

ほとんど一瞬の出来事だ。

斬られた役人は、何が起こったのか理解できていない顔をしたままだった。

幼い体だが、肉体強化を行い三年も鍛えてきた。

人一人を斬る程度——造作もない。

肉体強化と一閃《いっせん》流を学んだ成果が出ている。

両断された役人からは血が噴き出し、応接間が血で汚れることが忌々しい。

これなら、屋敷に呼び出さない方が良かった。

「——その汚い口を閉じろ」

天城が俺に近付くと、洗浄を行うスプレーをかけて泡だらけにしてくる。

泡はすぐに消えていくが、同時に服や体についた血の汚れも落ちていた。

「旦那様、もう死んでいます」

天城の冷静なツッコミに、少しだけ落ち着きを取り戻してきた。

随分と興奮していたようだ。

死体となった役人を見下ろし、腹立たしくなってきた。

こいつの罪は、俺に前世の上司を思い出させたこと——不快だから斬った。

「俺の権力を使っていいのは俺だけだ。お前みたいなゴミは死ね！　苛々《いらいら》する。天城、徹底的に調べ上げろ。汚職役人は全て処刑する！」

俺は俺に従う部下は大事にしても良いが、俺を傀儡《かいらい》にしようとする部下は嫌いだ。

それに、俺の領民を虐げて良いのは俺だけだ。

「旦那様、刀から手をお放しください」

すると、天城が刀を握った俺の手を両手で優しく包み込むように握っていた。

手放そうとするが、指が動かない。

「あ、あれ？」

「お手伝いいたします」

動かなくなった俺の指を一本一本丁寧に、刀の柄《つか》から放していく。

手放すと俺は随分と汗をかいていた。

――はじめて人を殺したことに、罪悪感でもあるのか？

悪徳領主になろうとしているのに、なんと情けない。

天城が俺の刀を受け取り、血の汚れを落として鞘《さや》にしまっていた。

「先程の件ですが、全員を処分しますと仕事に問題が発生いたします」

「そんなに汚職役人が多いのか？」

「はい。随分と前から汚職が横行していたようです。私が業務を代行することは出来ますが、それでも大きな問題が発生すると予想します」

天城一人に負担させるのも忍びないな。

「解決策は？」

「私と同レベルとは申しませんが、相応の人形を複数用意するか、管理専用の人工知能を用意していただく必要があります」

天城の意見を聞きながら、役人を見下ろして思ったね。

こいつらよりも人工知能の方が役に立つ、って。

問題なのは世間体だ。

ブライアンが言っていたが、人工知能を大々的に使うのは帝国的に面白くないようだ。

だが、俺には関係ない。知ったことか。

だって俺は——悪徳領主を目指す男だ。

世間体のことなど関係ないが、取り繕うだけのことはするつもりだ。

人工知能と人間の双方を使えばいい。

「何人必要だ？」

天城が即答する。

「最低でも量産機を三十体です。屋敷の管理も必要ですからね。あとは、領内の統治に特化した人工知能と、その子機を用意していただければ問題ありません」

この世界では、人工知能が裏切るから信用できないという奴《やつ》らも多い。

だが、俺から言わせれば「それがどうした？」だ。

人間だって裏切る。いや、人間の方が信用できない。

なら、天城の意見を採用した方がいい。

「お前の好きにしろ」

「よろしいのですか？　旦那様の風評に影響が出ますが？」

「構わない。俺はこいつらよりもお前を信用している」

物言わぬ役人を見下ろし、こいつの醜さを思い出す。

「――すぐに手配いたします」

俺は目を細めて自分でも驚くような低い声を出す。

「俺に逆らう奴は必要ない」

◇　◆　◇　◆　◇

バンフィールド家の領地。

酒場では汚職役人たちが次々に粛清《しゆくせい》されたとあって、大騒ぎになっていた。

甘い汁を吸っていた役人たちは多く、ほとんどが何らかの罪で裁かれている。

「おい、聞いたか？　領主様、汚職役人の一人を斬り捨てたらしいぞ」

「それは嘘《うそ》だ。領主様はまだ十歳前後だぞ」

「本当だって！　政庁に勤めている知り合いが言ったんだ！」

「お前の知り合い、お役人だったのか？」

「政庁の掃除係だけどな」

リアムの代になってから、領内整備へと税金が投入されるようになった。

軍縮が行われ、兵士たちが職業訓練を受けて地上に戻っている。

三万隻の宇宙艦隊は、十分の一に縮小されたという噂《うわさ》もある。

酒場のマスターは、最近になって客が少し増えたと思いながらカウンターで新聞を読んでいる常連客と話をしていた。

「マスター、こいつを読んだか？　義務教育は三年から六年に変更だとさ」

マスターは常連客に酒を出しつつ答える。

「あぁ、読んだよ。大急ぎで学校を用意していると聞いたな。建築関係の客が、忙しいって笑いながら話していた」

「景気のいい話だね。俺にも恵んで欲しいぜ」

差し出された酒を飲む常連客だが、以前よりも高い酒を飲んでいた。

そして、リアムの記事が書かれた電子新聞を読むのだった。

「それにしても、新しい領主様っていうのは豪快だね。まだ十歳だったかな？」

マスターは腰に手を当てる。

「信じられないけどな。五年前は、こんなことになるなんて予想できなかった」

客が酒を飲み干し、空になったグラスを眺める。

「このまま、何事もなく景気のいい話が続いて欲しいぜ」

マスターも頷《うなず》く。

「まったくだ」

ブライアンは新しい屋敷で、新しく採用した使用人たちを前に教育を行っていた。

集められた者たちは、容姿だけではなく、持っている技能や内面も考慮されている。

ただ外見がいいだけの者たちは、リアムにより解雇されてしまった。

ブライアンは、真面目で優秀な若者たちを前に心の中で感動する。

(ようやく、まともに働いてくれる使用人たちが揃《そろ》いましたな)

ただ、怯《おび》えた顔をしている使用人たちが多い。

少し前、リアムが汚職役人たちを一斉摘発し、大量粛清を行ったばかりだ。

まだ幼いリアムについて、領内では色々な噂が飛び交っている。

すぐに激怒し、使用人たちを斬り殺すという噂もその一つだった。

リアムに怯える新人たちを前にして、ブライアンは丁寧に誤解を解く。

「色々と不安に思っているのでしょうが、リアム様は真面目に働く者には寛容です。必要以上に怖がる必要はありません」

一人のメイドが不安そうに小さく手を挙げた。

「何か?」

「あ、あの、その――リアム様に夜伽《よとぎ》を命じられた際は、その――」

屋敷の主人が使用人に手を出す。

そんなのは、この世界ではどこにでもある話だった。

中には自分を売り込む女性もいる程だ。

だが、リアムの話を聞いて不安になったのか、女性たちが怯えている様子だった。

売り込みたいが——何か一つでもミスをすれば、殺されるのではないか？

そうした不安を抱えているようだ。

「リアム様はまだ幼く、夜伽の心配は必要ありません。お世話も天城《あまぎ》が中心に行っていますし、滅多に近付くことはないでしょう」

ブライアンの話を聞いて、誰かが言った。

「——人形を側《そば》に置くなんて」

その言葉に、ブライアンが目つきを鋭くする。

「今の言葉は聞かなかったことにしますが、二度目はありませんよ」

ブライアンにとって、天城は頭の痛い問題だ。

側に置くだけで、リアムの評判を下げてしまう。

有能だが——貴族社会では問題でしかない。

だが、数年を過ごす内にある事に気が付いた。

リアムが天城を信頼しているのだ。

それはまるで、幼子が甘えているようにも見えた。

リアムは幼いながらに苛烈で決断力もあるが、やはり母親を欲しているのだとブライアンは考えて心を痛めている。

（リアム様は賢いお方。捨てられたことも理解しているはず。クリフ様、そしてダーシー様、どうしてもっと大事に育ててくださらなかったのか）

リアムの問題行動を、ブライアンは責められなかった。

幼いリアムは領主として責務を果たそうとしている。

そんなリアムが甘えられる数少ない存在の天城を引き離すことは、ブライアンには出来なかった。

「天城はリアム様にとって特別な存在です。決して、見下すような態度を取らないように。そのような言動がリアム様のお耳に入れば、私では庇《かば》いきれませんよ」

幼いながらにリアムは、領内で恐れられていた。

（だが、領内は確実に良くなっている。リアム様がいれば、バンフィールド家もかつての栄光を取り戻せる）

そして、同時に汚職役人たちを一斉に粛清したことで、領民には人気もあった。

怖いが、頼りになる領主――それがリアムの領内での評価だ。

まだ幼く、これからどうなるか不安を抱いている領民も多いが、リアムは少しずつ周囲に認められていた。

ブライアンはリアムを信じ、心の中で再度忠誠を誓うのだった。

前世なら、三十歳と言えば中年だ。
だがこちらの世界では、小学生くらいの外見で子供扱いである。
それはいいとして、問題は――。
「――駄目か」
刀を鞘《さや》に入れた状態で左手に持った俺は、周囲の丸太を見る。
置かれた三つの丸太の内、二つまでは何とか斬ることが出来た。
だが、どちらも切断面が粗い。
師匠に見せていただいた奥義には、遠く及ばなかった。
丸太を斬った数も違うし、丸太までの距離も師匠より近い。
二十年以上も時間をかけて、この程度しか再現できなかった。
――やはり、才能がないのだろうか？
腕を組む師匠が、俺を見て神妙な顔付きをしている。
呆《あき》れているのだろうか？　不安になった俺は、頭を下げて謝罪する。
「申し訳ありません、師匠。まだ、師匠の剣には遠く及びません」
優しい師匠は、ゆっくりと首を横に振る。

「剣の道は長く険しい。ゴールなどありはしませんよ。それにしても、この二十年でよくここまで上達しましたね」

この二十年、どうやれば師匠と同じ事が出来るのかを考え続けてきた。

基礎を繰り返していても出来るとは思えなかったので、師匠の言葉を思い出したのだ。

それは魔法だ。

「はい！　魔法を使用しました。刃に薄くまとわせて、それで斬るようにすると間合いが延びると考えました。正解でしょうか？」

試行錯誤を繰り返し、俺はどうにか刃の届かない丸太を斬れるまでになった。

鍛えた体だけでは再現できず、技を磨いてもどうにもならない。

ならば、この世界の魔法を使用するしかなかった。

これで正しいと思うのだが、師匠の奥義とは違いすぎる。

同じ事が出来ていないので少し不安だ。

間違っているのかと思っていると、師匠は手を叩《たた》き拍手をしてくれた。

「そこまで気が付けば非常に正解に近いですよ。ただし、片手落ちですね」

「片手落ちですか？」

「えぇ、そうです。魔法を使用するのなら、魔法も学ばなければなりません」

「学んでいますが？」

俺も貴族だ。しかも伯爵なので、魔法についても学んでいる。

もっとも、この世界――いや、今の時代は個人の魔法などあまり重要視されていない。

宇宙戦艦のビームを前に、魔法とか無力だ。

武芸も同じだ。必須とは言えないが、貴族の嗜《たしな》みとして学んでいる。

極論を言えば、武芸も魔法も俺の立場では必要ない。

攻撃魔法を覚えて手から炎を出すくらいなら、拳銃を持った方がマシだ。

ただ、全ての魔法が無駄というわけでもない。

回復魔法やら、補助系は役に立つし、人型兵器の操縦には魔法が非常に重要になる。

魔法により兵器と繋《つな》がり、コントロール――操縦するため、そちらの分野は修得必須だ。

「そ、それは魔法を覚えただけです。それでは足りないということです」

「足りないのですか!?」

そうか、魔法のコントロール技術だけでは足りないのか。

ならば、本格的に学べばいいわけだ。

「すぐに魔法の授業を増やしてみます」

師匠が何度も頷くのだが、心なしか焦っているように見えるのは俺の気のせいだろう。

「それがいいでしょう。それから、しばらく奥義は封印します。魔法を学び――そうですね、十年もあればいいでしょう。それまで、基礎練習以外を禁止します」

せっかくここまで出来るようになったのに！　そう思ったが、いくら俺でも師匠には逆らえない。

この人と戦えば、俺など一瞬で細切れにされてしまう。

勝てるイメージが思い浮かばない。

俺と師匠の間には、それだけの力量差があるのだ。

「わ、分かりました」

「よろしい。それはそうと、領内の様子は大丈夫なのですか？　武芸にだけかまけていては領主失格ですよ」

領地のことまで心配してくれるとは、何て優しい師匠だろう。

「大丈夫です。領内の改革を進めていますし、ようやく結果が出てきましたからね」

軍の再編も、統治機構の改革も順調だ。

領内開発の方針を決め、新しい開発計画も始まっている。

この世界、元から宇宙進出を果たしているだけあって、開発能力は恐ろしく高い。

数日で高層ビルが建つ、と言えば分かってくれるだろうか？

人が乗り込んだ作業機械や人型のロボットたちが、恐ろしいスピードで開発していくのだ。

でっかい３Ｄプリンターでビルを建造する様子を見たが、驚いて声も出なかった。

いきなり空に円盤が現れ「ＵＦＯか!?」と思っていたら、そこから光が出て来てビルを建造しはじめるのだ。

人や機械はその補助に回り、細部を確認していた。

そのまま倍速の映像を見せられているかのように、ビルが一つ出来上がってしまったのを見て衝撃を受けたね。

これだけで領内が見違えるように発展するなら、最初から誰でも出来たはずだ。

両親や祖父母が、何故《なぜ》これをしなかったのか謎でしょうがない。

税収だって簡単に上がるのに、やらないとか阿呆《あほう》である。

「それは良かった。では、今日も基礎を確認するとしましょう」

「はい！」

「ただ、普通にやっても意味がありませんね。今後は目隠しをして、ついでに重りを付けてみましょうか」

「目隠しと重りですか？」

師匠が刀に重りをつけて、俺は目隠しをするようにと言ってきた。

「重い刀が、枝を振るような感覚になるまで振りなさい。目隠しは、目だけに頼ってはいけないという教えです」

「分かりました！」

まるで漫画にでも出て来そうな修行方法だが、師匠の言うことに間違いはない。

子供の頃に読んでワクワクしたものだが――俺の領地では、漫画などの娯楽品に関しては遅れている。

まだ生活に余裕がないのか、娯楽関係の発展が遅れているのだ。

天城《あまぎ》に言って娯楽関係にも投資を行うべきだろうか？

◇　◆　◇　◆　◇

目隠しをして、重りを付けた刀を振り回しているリアムを安士《やすし》は震えながら見ていた。

リアムからは見えていないため、油断をして表情が崩れている。

(何だこいつ！　何なんだよ、こいつ！)

リアムが見せた一閃《いっせん》に、冷や汗が止まらなかった。

まさか、自分が見せた大道芸を本物の剣技として再現するとは安士も思っていなかった。

最近は思っているよりも上達したな～と安易に考えていた。

基礎しか教えてこなかったのに、リアムは独力で強くなっていた。

安士はそんなリアムが怖くて仕方がなかった。

何しろ――リアムは以前、汚職を働いていた役人たちを一掃している。

その徹底ぶりは子供とは思えなかったほどだ。

安士も「お～怖い」などと思っていたが、このままリアムの剣術が上達すれば――非常にまずいことになる。

(もしも俺が嘘《うそ》をついていたとバレたら――駄目だ。一瞬で細切れにされてしまう！)

それっぽい雰囲気で、それっぽいことを言っていただけの安士だ。

既にリアムの方が剣士として数段上であり、普通に戦っても負ける自信があった。

（と、とにかく、引き延ばして金を貯《た》めないと。もう、ここにはいられない）

ダラダラしているだけで余裕のある生活できたので、報酬はもらう度に使い切っていた。

修行をしてくると嘘を言い、都会に出かけて豪遊を繰り返していた。

まとまったお金が手元になく、すぐには逃げられない。

（こ、これからは金を貯めて逃げる準備をしよう。そうだ。そうしよう！）

目隠しをしたことで、思うように動けないリアムを見ながら安士は冷や汗を拭う。

（それにしても、基礎しか教えていないのにここまで出来るって――こいつ、もしかして天才なのか？）

安士は指導者ではないし、剣の腕も三流だ。

リアムに才能があるのか分からなかった。

（わ、分からん。とにかく、今は時間稼ぎだ。また動画とかでそれっぽい修行方法を見つけておくか。でないと――バレたら殺される！）

逃走のための資金と、生活費を稼ぐために安士はしばらく耐えることにした。

何としてもリアムが自分の嘘に気付かないように、必死に策を練る。

◇　◆　◇　◆　◇

目隠しなんて意味があるのか？

そんなことを当初は考えていた。

だが、どうだ——しばらくするとその真意に気がついた。

「師匠の言いたいことが分かりました。視覚以外の五感を使う感覚が分かりました。目だけに頼らないとは、こういうことだったのですね！」

目隠しをした状態で師匠の方を見る。

師匠が歩いて俺の視界から逃げようとするので、そちらへと顔を向けると少し驚いていた。

「う、うむ、この短期間でよく習得しましたね。いや、本当に。なんで、たったの数年で会得するかな？」

俺の成長は予想外だったようで、首をひねっているのが見ていなくても分かる。

俺は重りの増えた刀を指先で遊ばせるように振り回した。

「見てください。今ではこんなに簡単に振り回せますよ」

「そ、そうか——いや、自惚《うぬぼ》れてはいけない！」

「え？」

師匠は余裕を見せる俺に対して、気を引き締めるために厳しいことを言ってくる。

「今のリアム殿は、確かに視覚以外の感覚を研ぎ澄ましました。だが、それだけです。魔法的、超常的な感覚を得てはいない」

魔法的、超常的と聞いて、まだ先があるのかと驚いてしまった。

「まだ、目に頼らない方法があったんですね！」

「と、当然さ！　それから、その刀ではもう軽すぎるでしょう。特別な刀を用意します」

特別な刀と聞いて、俺は嬉《うれ》しくなった。

「楽しみです！」

「そ、それはよかった」

あれ？　どうにも師匠が怯《おび》えているように感じてしまう。

気のせいかな？　うん、きっと気のせいだ。

◇　◆　◇　◆　◇

（ふざっけんなよ、おい！）

安士は目隠しをしながら、自分の方に顔を向けてくるリアムに恐怖した。

重りを増やした刀を指先で振り回している。

もう、目隠しをしながら生活できるのではないだろうか？

リアムの視界から逃げても、普通に顔を向けてくる。

自分がどこにいるのか気付いているようだ。

足音を消すが、それでも意味がなかった。

リアムは目隠しをしているが、口元が笑っていて――不気味だった。

（どうする？　どうするよ!?　こんなに早く会得するとか考えていなかったぞ！）

無茶振りして時間を稼ぐつもりが、数年で会得するとは考えもしなかった。

（こいつもしかして天才なの？　それなら早く言えよ！）

そもそも、安士にリアムの才能を測るなど最初から無理だった。

（滅茶苦茶《めちゃくちゃ》重い刀を作らせて持たせてやる。そうすれば、きっと苦労するはずだ）

第六感とか、超常的とか、魔法的とか、とにかく色々と言っておいたが、ここまで来るとリアムが本当に会得しそうで安士は怖くなる。

しばらく時間は稼げると思いつつ、安士は一計を案じる。

（そうだ！　アレを使おう！）

◇　◆　◇　◆　◇

安士が向かったのは、屋敷に用意された倉庫だった。

解体した屋敷から運び出された芸術品やら、扱いに困った物が置かれている。

ここから盗み出した骨董品《こっとうひん》を売りさばいてもみたが、全てが偽物だった。

その中には、随分と古い人型兵器――機動騎士があった。

随分と大きい人型兵器は、現行主流となっている十四メートル級や十八メートル級ではなく、大きな二十四メートル級だった。

両肩に大きな盾を取り付けた黒い機体だ。

とても古く、何百年も前に作られた機体は数世代も型落ちしている。

リアムの曾祖父であるアリスターが使っていた代物だが、今では動いたとしても量産機にも負けてしまうような性能しかない。

安士は天城を連れて倉庫に来ると、機動騎士を指さした。

「この古い機体を使えるようにしてくれ。リアム殿の練習機とする」

天城が疑った視線を安士に向けている。

「こちらは随分と古い機体です。現行機を用意した方がよろしいのでは？」

「それでは駄目だ！」

安士が心配しているのは、最新式の機動騎士は操縦が簡単であるということだ。

機動騎士も世代を重ね、操縦が随分と楽になっている。

性能も格段に上がっており、リアムのように時間がある人間が乗れば数年で操縦できるようになってしまう。

それでは時間が稼げない。

「これもリアム殿のため。修理に出して使えるようにして欲しい」

「ですが、既に製造を中止した機体です。修理するとなれば時間もかかります。主流となっているのは十四メートル級や十八メートル級なので、そちらをお勧めします」

天城が安士に対して丁寧に対応するのは、リアムが師匠と認めているからである。

そうでなければ、もっと対応が雑になっている。

（お前らの事情なんて知るかよ！　そうだ、ついでにこいつらに金を使わせてやろう。そうすれば、俺を追いかける余裕がなくなるはず。俺って頭が良いな！）

安士は何としても古い機体を使わせようと、天城を丸め込もうとした。

「昔の機体は作りがしっかりしている。新しいパーツを取り付ければ、現状の機動騎士よりも頑丈に仕上がるでしょう」

「いえ、そのように単純な話ではありません。バランスなどを考えても、現行の主流である機体を用意する方が安上がりです」

「いやいや、この機体がいいのです。そうだ！　いっそリアム殿の乗機として、予算など考えずに最高の機体に仕上げるべきですよ」

「ですから、そんなことをしても無意味です。旦那様の機体を用意するなら、最新式の機動騎士を購入してカスタムすれば済む話ですよ。その方が予算も抑えられます」

否定する天城に、安士は無理矢理押し切ることにした。

「とにかく！　しっかりと作り直していただきたい。その方がリアム殿のためになる。そうだな、操縦方法はマニュアルのままがいいな。最近のアシスト機能が充実しているのは駄目だ。オート機能など論外！　自分で操縦してこそ意味がある！　操縦者の技量が問われる機体にしましょう！　うん、それがいい！」

とにかく扱いが難しい機体に仕上げて欲しい、というのが安士の希望だった。

そんな話に、天城が納得するはずもない。

「――機能が充実しているのなら、頼ればいいのではありませんか？」

「駄目です！　これもリアム殿のために必要なのです！」

安士に強く言われては、天城も従うしかない。

リアムからの命令で、安士の指示には可能な範囲で応えるようになっているためだ。

「そこまで言われるのならば、すぐに手配いたしましょう」

「頼むぞ。金はいくらかかっても構わない。リアム殿のためだからな！」

借金がある中、更に財政を厳しくするために安士はとにかく色々と注文を付けるのだった。

◇　◆　◇　◆　◇

安士がいなくなった倉庫。

天城は機動騎士――機体ネーム【アヴィド】を見上げていた。

基本フレームがむき出しになっている部分が多く、装甲フレームなど一部が錆《さ》び付いている。

中身はもっと酷《ひど》く、今では動かせない。

放置され、倉庫の中で朽ちていく定めの機体だった。

憐《あわ》れなアヴィドの姿を見ながら、天城《あまぎ》は思案する。

(あの男、本当に達人なのでしょうか? 確かに旦那様は強くなられましたが、あの男がそこまで凄《すご》い人物とは考えられません)

普段の生活態度を見れば、安士《やすし》が達人とは思えなかった。

だが、成果を出しているだけに、理由もなく解雇は出来ない。

それに――。

(いくら調べても怪しいところが出てこない。むしろ、不自然なほどに――)

それに、経歴をいくら調べても怪しいところがないのだ。

――まるで、何者かに改竄《かいざん》されたように、怪しい部分が一切なかった。

「ですが、命令であれば実行するだけ。しかし、困りましたね」

アヴィドの整備を依頼するとなると、どこに依頼するかが問題になってくる。

技術的に優れていて、パーツなども作成できる大きな工場に持って行く必要があった。

たとえるのなら、近所の小さな整備工場に外国のクラシックスポーツカーを持って行くようなものだ。持ち込まれても、整備工場からすればパーツもないし、整備の仕方も分からない。

あとは、製造元に依頼するか、だ。

「製造元は――帝国の工場の一つですか」

帝国が管理している兵器工場の一つが、アヴィドの製造元だった。

現在も存在し、整備を任せられるのはそこしかない。

天城は安士に言われた要望を確認する。

「随分と要望が多いですね。予算が確保できるかどうか——とにかく、連絡を取ってみることにしましょう」

整備士を呼んで、アヴィドの状態を確認してから連絡を取ることにする。

天城は手を伸ばし、アヴィドに触れる。

散々アヴィドを否定してきた天城だが、その表情はどこか羨ましそうだった。

「——貴方《あなた》が再び蘇《よみがえ》れるように、最善を尽くします。ですから、どうか旦那様を守ってください ね」

手を放した天城は、普段の無表情に戻った。

アヴィドの整備について段取りを考えながら倉庫の外に出ると、リアムが目隠しをしながら歩いていた。

天城に気付いたのか、とても嬉しそうにしている。

「その足音は天城だな」

「正解でございます、旦那様」

目隠しをしているのに周囲が見えているように歩いていた。

「旦那様、その状態で歩き回られては危険ですよ」

「問題ない。これも修行だ。それより、俺の機動騎士を用意すると聞いたが？」

天城は安士が希望した機動騎士について話をした。

「旧式の機動騎士を整備し、使えるようにするとのことです。現行の量産機を一機用意すれば予算的にも助かるのですけどね」

リアムはアゴに手を当てて首をかしげた。

「師匠には考えがあるんだろ。とにかく頼むぞ。俺はこのまま屋敷の周りを歩いてくる」

目隠しをしたまま去って行くリアムを見送る。

転ばないか不安になる天城は、リアムの後ろを付いて歩くのだった。

◇　◆　◇　◆　◇

バンフィールド家の領地にある酒場は、今日も賑《にぎ》わっていた。

「乾杯！」

笑っている男たちが、仕事終わりに酒を飲んで笑い合っている。

時には喧嘩《けんか》も起きるが、三十年前とは大違いだ。

空いている席の方が少なく、マスターは新しく雇った店員が忙しく動き回っているのを見て笑顔になる。

常連客が、そんなマスターに声をかけてくる。

「マスター、商売繁盛で結構なことだな」

「ん？　あぁ、ようやく人を雇えるようになったよ」

安いだけの酒ばかりを出していた昔とは違い、今では少し高い酒も飛ぶように売れていく。

常連客も以前より身なりがよくなり、飲んでいる酒も値が張るものだ。

以前は浴びるように酒を飲んでいたが、今では高い酒を楽しみながら飲んでいる。

マスターはそんな常連客に、仕事の話を振るのだった。

「ところで、新しい仕事はどうだい？」

「順調だよ。順調すぎて困るけどね。忙しすぎる」

以前は仕事がないと嘆いていた男が、忙しいと愚痴をこぼす。

ただ、充実しているのか表情は明るい。

「しかし、領主様が違うだけでこんなに発展するものなのかね？」

常連客が昔を思い出して呟《つぶや》けば、マスターは次の酒を用意しつつ答える。

「うちの爺《じい》さんが生きていた頃は、今よりもよかったらしい」

「何百年前の話だよ？」

「四百から五百年くらいかな？」

「昔の方が発展していたなんて、不思議だよな」

バンフィールド家の領地は、昔の活気を取り戻しつつある。

「それより、領主様は最近大人しいな。二十年前から話題がまったく聞こえてこないね」

リアムが大量粛清を行ってから二十年――今は静かなものだ。

リアムの噂《うわさ》は色々と飛び交っているが、どれも信憑性《しんぴょうせい》が低い。

マスターも気になっていた。

「人形が大好きだって噂だが、俺たちからすれば立派な領主様なら大歓迎だけどな」

「貴族様は人形嫌いって噂だったが、領主様は違うのかな？」

「どっちでもいいさ。今は、この景気が続いてくれればそれでいい」

常連客がマスターに一杯おごると、二人で酒を飲むのだった。

第五話 アヴィド

三十も半ばに差し掛かった頃だ。

曾祖父《ひいじい》さんが使っていた機動騎士を修理に出していたのが、無事に戻ってきた。

両肩に大きなシールドを補助アームが持っているのが特徴で、それ以外は騎士のような鎧《よろい》を着用した人型兵器だった。

人型兵器など無駄の極みと思っていたが、この世界では人型の方が動かしやすい。

操縦方法に魔法を組み込んでいるため、人の形である方が動かしやすいと聞いている。

ファンタジー世界って凄いな。

そんなアヴィドを倉庫で見上げているのだが、随分と迫力があった。

以前は動かないただの飾りだったが、今は新品のように輝きを放っている。

「凄いじゃないか。古い機体だと聞いていたが、よく整備できたな」

満足している俺の横に立つのは、帝国の第七兵器工場に勤める技術士官だった。

オレンジ色の入ったつなぎを着用しており、左胸の辺りにＩＤカードを下げていた。

技術中尉は、黒髪が肩に届く程度のおかっぱで眼鏡をかけている。

知的な雰囲気を持つ美女で、名前は【ニアス・カーリン】だ。

俺を前に笑顔で説明をしてくる。

「苦労しましたけどね。まさかこの機体を整備することになるとは思っていませんでしたよ」

「この機体を知っているのか？」

「うちが製造した機体ですからね。資料庫にはこれと同じ機体が存在していますよ。熟練の技術者たちが、懐かしむように整備していました」

今では使われることが少ない大型機だが、大は小を兼ねるというから問題ないな。

満足そうにアヴィドを見上げる俺に、ニアスが心配した様子を見せる。

「ですが、よろしかったのですか？　アシスト機能を外していますから、操縦に関してはかなり難しくなっていますよ」

自動車で言えばオートマとマニュアルの違いだろうか？

ニアスは、操縦の負担が大きいので、今からでもアシスト機能を付けて欲しいそうだ。

その提案を、一緒にいた師匠が腕を組みながら笑って断る。

「この程度、リアム殿なら簡単に乗りこなせるでしょう。心配には及びません。それよりも、少し機体について説明を受けたいので、拙者の部屋で話でも――」

師匠がニアスの肩に手を伸ばすと、笑顔で避けられていた。

「マニュアルを用意しているので問題ありませんよ。それに、操縦するのは伯爵様ですからね。説明するなら、伯爵様に直接する方がいいでしょう」

「そ、そうですね」

師匠が誘いを断られて肩を落としていた。

どうやら、ニアスは師匠の好みだったようだ。これは悪徳領主らしく、ニアスに師匠のお相手をするように命令する場面かと一瞬考えて、止めておく。

師匠は剣の達人だ。本気ならば、ニアスは師匠から逃げられるわけがない。

逃げられたということは、師匠が逃がしたのだ。

きっと、冗談なのだろう。

悪徳領主の俺としては、ニアスに師匠の相手をさせたいところだが——高潔な師匠本人もそれを望まないはずだ。

それに、相手は帝国の軍人だ。俺の領民ではないため、手を出すには少しためらわれる相手だ。

あと、俺の機体を整備する人間を敵に回せば、何かと厄介になる。

機体に不具合でも出たらたまったものではない。

「コックピットに乗り込みましょうか。操作方法の説明のため、私も同乗させていただきますね」

「ようやくか、楽しみだな」

ニアスに案内された俺は、笑顔でコックピットへと向かう。

人型兵器に乗るとか——実は結構楽しみにしていた。

◇　◆　◇　◆　◇

アヴィドが倉庫を出て、屋敷から離れた場所に立っている。

コックピット内は狭いと思っていたが——意外に広かった。

「結構広いな。いや、広すぎないか？」

「空間魔法を使用して、スペースを広げたコックピットになります。快適な環境にするため、シートも最高級品をご用意いたしました。アシスト機能はありませんが、それ以外は最上位モデルとなっていますよ」

座ってみるとシートはふかふかしていた。

体を包み込むように支えるような感覚——と、思っていたら包み込んでいた。

俺の体に合わせてシートが動いて微調整をしてくる。

操縦桿《かん》も自動で俺の手の位置へとやって来て、握るとベストポジションだ。

「いいな。それに、外見もいい。装甲が黒で格好いいし、気に入ったぞ」

「男性は黒が好きですよね。黒い機体は多いですよ」

貴族にとって機動騎士とは騎士の象徴——武力の象徴だ。

単純に人型兵器が貴族に大人気というのもあるが、専用機を所持している貴族は多い。

見栄えが良いからな。わざわざ屋敷に飾っている貴族もいるくらいだ。

着飾った機動騎士を使っている貴族は多い。

「ただ、機体にこれだけのお金をかけて整備する方は少ないですよ」

「そうか？　みんなゴテゴテ飾り付けているって聞くぞ」

だから、どれだけ金をかけても良いと師匠が言っていた。

前世で言うなら車を持つことに近い。

いや、車なら戦艦の方かな？　まぁ、とにかく、機動騎士とは貴族にとってのステータスだ。

「中身は量産機を改良しただけ、という機体が多いですからね。予算が潤沢だったので、うちの技術者たちが悪乗りしてしまいましたよ。外見よりも中身を重視される貴族様は少ないので、面白い依頼だと皆が楽しんでいました。――さぁ、エンジンを始動してみてください」

スイッチ一つでエンジンがかかると、俺の体をスキャンしはじめた。

パイロットを認識し、俺以外には操縦できないように設定される。

「操縦者を伯爵に固定しました。この子は伯爵にしか動かせません。専用機ですね」

「専用機って響きは嬉《うれ》しいな」

操縦桿を握って動かすと、周囲に見えていた景色が一変した。

コックピット内が少しだけ揺れる。

「あ、あれ？」

気が付けば、アヴィドは倒れていた。

だが、重力は通常通りというか、俺の真下に固定されている。

不思議な感覚だ。

ニアスが「やっぱり」という顔をしていた。

「この子はオートバランサーなどのアシスト機能を全てカットしています。操縦方法も難しいですが、その分だけ使いこなせば自分の体のように動かせますよ」

操縦難易度がとにかく高く、俺は師匠が何を考えているのかを察した。

「こいつを使いこなせれば一流への道も開けるか」

「いえ、この子を扱えれば、その時点でパイロットとしては一流ですよ。でも、使いこなせなければその辺の量産機にだって負けてしまいますけどね。ただし、使いこなせればどんな機体よりも強くなる可能性はあります。パイロット次第ですね」

「そいつはいいな！」

操縦桿を握り直し、俺は意識を集中する。まずは立ち上がることからはじめた。

人型兵器を操作するためには、人の手足で操縦するのは不可能に近い。決められたコマンドを実行するだけのゲームとは違い、立ち上がる際は機体の足や腕も同時に動かす。

どこをどう動かす――それを全て同時に行うのは、非常に困難だ。

だから、この世界では魔法を使用する。

魔法をコントロールする技術を身につけたのは、このためだと言ってもいい。

魔力が繊細な人の動き――イメージを機体に伝えてくれる。

これがあるため、この世界の人間にとってはむしろ人型兵器の方が扱いやすく感じる。

非人型の機体では、逆にイメージが出来ずに混乱するため操縦が難しくなる。

アヴィドがゆっくりと立ち上がると、ニアスが感心していた。

「はじめてにしては上手ですよ」

「当たり前だ。シミュレーターで練習してきたからな」

「そういう意味ではありませんよ。通常の機動騎士を操縦するよりも、難易度が桁違いに難しくなっています。はじめてでこれだけできるなら、伯爵様はセンスがありますね」

「世辞がうまいな。気に入ったぞ」

ニアスが「お世辞ではないんですけど」と、困り顔をしている。

俺の方は、アヴィドの操縦に全神経を集中する。

ゆっくりとアヴィドが脚を上げて、前に一歩踏み出した。

この動作をするだけでも、大変に難しい。

まともに歩かせることが出来るのか、不安になってきた。

疲れて呼吸が乱れてくると、ニアスが操縦桿を握る俺の手の上に自分の手を置く。

ニアスが身を寄せてきたことで、女性の優しい匂いや温かさを感じた。

「この子の操縦にはイメージが重要です。魔力による操作も、常に気をつけてください。さぁ、ゆっくりと操縦桿を動かしましょう。機体全体が、自分の手足のように感じられれば、もっと簡単に動かせますよ」

少しでもミスをするとすぐに転ぶような機体を、一歩一歩とゆっくりと――徐々にペースを上げて歩かせる。

ニアスがアヴィドの説明をしてくるので、聞きながら意識を集中する。

「この子はとても頑丈で、パワーもあります。並大抵の機体では勝負にもなりませんが、それ故に扱いが難しいと覚えていてください。かなりのじゃじゃ馬ですからね」

俺に体を寄せてくるニアスだが、説明に集中しているのか更に身を寄せてきて胸が俺の肩に触れた。胸を押しつけられていることに、全神経が集中してしまった。

「それからここは――」

説明を続けるニアスに意識が向かい、アヴィドの動きが止まってしまう。

ニアスの体は、鍛えているのか引き締まっており、つくべきところにちゃんと肉もある。

つなぎ姿で気がつかなかったが、スタイルも悪くない。

胸や尻は膨らみ、お腹《なか》が引き締まっていてスタイルが良かった。

俺の意識は、押しつけられているニアスの胸に向かってしまう。

その時、俺の意識やら魔力を感知したアヴィドは――勝手に両手を動かしはじめる。

「あら、どうされました？　まずは歩くことから――って!?」

ニアスがその動きが何を意味しているのか気が付き、俺からそっと距離を取ると胸元を両手で隠した。頬を赤く染めている。

「ち、違うぞ！　こ、これは違うぞ！」

アヴィドの動きだが、それはまるで——女性の胸を揉《も》むような仕草だった。

「一度休憩しましょう。あら？　通信が切れていますね。設定のミスでしょうか？」

◇　◆　◇　◆　◇

アヴィドから離れて様子を見ていたブライアンは、尊敬するアリスターの機動騎士が蘇《よみがえ》って感動していた。

細部は違っているが、それでもアリスターが乗って活躍していたアヴィドだ。

「アリスター様——リアム様が、アリスター様の機体に乗っております。このブライアン、感動で涙が——え？」

しかし、その尊敬するアリスターの機体であるアヴィドの手が、とても卑猥《ひわい》な動きをはじめると涙が止まってしまう。

「リアム様、いったい何をなさっているのですか！」

分かっている。分かっていた。

派遣されたニアスが美人であり、コックピット内で二人きり。

普段、天城《あまぎ》に手を出しまくっているリアムなら、もしかして手を出すのではないか？

そんな不安を抱いていた。

これまで、生身の女性に手を出してこなかったリアムだ。

もしかしたら、人形にしか興奮しないのではないかと不安に思っていた。

生身の女性にも興味が出たと思えば嬉しくもあるし、跡継ぎの問題も解消できそうなので安堵《あんど》できる。

だが、機動騎士が胸を揉んでいるような仕草をしているのはいただけない。

憧れていたアリスターの愛機が、情けない動きをしていると思うと泣けてくる。

（辛《つら》い。辛いですぞ。アリスター様の機体が、そんな卑猥な動きをするなんて――辛いです）

アヴィドの手は、まるでそこに胸があるかのようにとても細かな指の動きを再現している。

せめて電源を切ってからやれよ！　そう思うブライアンだが、いつ倒れてもおかしくないアヴィドに近付けずに離れて様子をうかがうしか出来ない。

おまけに通信も切れているので呼びかけにも応じない。

（これは狙っていたのでしょうか？）

ブライアンが勘違いをしていると、額に青筋を浮かべた安士《やすし》が騒いでいる。

「あのガキ、中尉さんの胸を揉んでいるな。柔らかいのか？　そんなに柔らかいのか!?」

指先が何かを摘《つ》まむような動きを見せると、安士は限界に来たのかリアムに何度も通信を送るのだった。

「リアム殿、すぐに降りなさい。コックピット内で羨ましい――けしからんことをしてはいけません。すぐに降りなさい。リアム殿？　聞いているのかね、リアム殿！」

リアムの前では安士も取り繕うが、いないと態度がすぐに悪くなる。

ブライアンも安士を信用していない。

(何でこんな男に学んで、リアム様は結果を出せるのだろうか？)

結果を出しているために追い出すことも出来ないし、リアムに報告しても師匠である安士を尊敬しているために聞く耳を持たない。

大きな被害もないし、リアムが結果を出しているのでブライアンも黙っている。

個人的には、アリスターの愛機を蘇らせるように天城に言ってくれたので恩も感じていた。

あのままでは、効率を優先する天城は絶対にアヴィドを修理しなかったはずだ。

安士が叫んでいる。

「降りて来いよ、糞《くそ》ガキ！」

すると、天城が安士を睨《にら》み、安士は慌てて謝罪するのだった。

「おっと、失礼。つい興奮してしまいました」

冷や汗を流し、人形の天城に媚《こ》びへつらっている姿を見せている。

――本当にこいつが剣や武芸の達人なのだろうか？

ブライアンは不思議で仕方なかった。

もくろむ。
だが、本気で叱ってリアムを怒らせるのが怖いので、修行を厳しくすることで仕返しを
自分の好みにドストライクのニアスに手を出した弟子に対して、安士は激怒していた。
（野郎、絶対に許さねぇ!!）

◇◆◇◆◇

そして思い付いた復讐《ふくしゅう》は、これまで以上に厳しい修行だった。

器の小さな男——それが安士だ。

「リアム殿、震えてきていますよ」

腕を組む安士は、汗を流しているリアムを睨み付ける。

「き、気をつけます」

不安定に立たせた丸太の上に立たせ、目隠しをして、更にはとても重い材質で作らせた
刀を持たせている。

綱渡りやら、その他にも色々と大道芸を仕込むようなこともしている。

とにかく、腹いせに厳しい修行をリアムに課した。

「不安定な場所で刀を振れなくてどうします。さぁ、最初からやり直しです」

汗が噴き出ているリアムは、随分と疲労している様子だった。

ただ、やり過ぎてリアムが怪我《けが》をしたら元も子もない。

リアムの限界を見極め、ギリギリまで追い込む。

「これが終われば操縦訓練です。休む暇などありませんよ」

「分かりました、師匠！」

聞き分けは良く健気《けなげ》なリアムだが、自分が狙った女に手を出した。

それが許せない安士は、修行に関してまったく手を抜かない。

(こうなれば、もっと難しいことを要求してやる。お前でも絶対に出来ないことを次々にさせて、プライドをへし折ってやる。自信を喪失しろ、小僧！)

三ヶ月ほど滞在したニアスは、整備指導やら機体の説明を終えると戻った。

いずれまた来るらしいが、今度こそ連絡先を手に入れようと思う安士だった。

「脚が震えていますね。鍛え方が足りませんよ」

「き、鍛え直します」

「当然です。今日からは更に厳しくいきますよ」

個人的な恨みで修行を厳しくする安士だった。

◇　◆　◇　◆　◇

絶対に無理な修行をさせて、お前の心を折ってやる！

そんな気持ちで修行を厳しくする安士は、次々に新しいことを試すのだった。

「くたばれぇぇぇ！」

　ゴムボールを発射するピッチングマシーンのような装置を使い、四方八方から目隠しをしたリアムに向かって撃つ。

　ゴムボールなので怪我はしないが、それでも当たれば痛い。

　リアムはゴムボールにボコボコにされていた。

「くっ！」

「どうしました、リアム殿！　この程度を捌《さば》けぬようでは、一人前にはなれませんぞ！」

　ゲラゲラ笑ってリアムを見ていた。

　遠隔操作でリアムを狙う装置のリモコンを掲げ、安士は勝ち誇る。

（見たか、糞ガキ！　調子に乗るからだ！）

　目隠しをしていては、襲いかかってくる沢山のゴムボールを捌くなど無理だ。

（いくらお前が強くなっても、これはどうにもならないだろう）

　ニヤニヤしながら、ゴムボールを打ち出す速度を上げていく。

「リアム殿、心の目で見るのです。大事なのは第六感や第七感に頼ることですよ。心の目で見て木刀を振るのです」

　それらしいことを言って、自分は貴方《あなた》のためを思っていますと言い訳をする。

　こう言っておけば、リアムは自分のためと勘違いしてくれるからだ。

「さぁ！　木刀を振るのです、リアム殿！」

「し、師匠、でも、木刀一本でこの数を打ち返すなんて無理ですよ」

安士は醜悪な笑みを浮かべていた。

「世に不可能などないのですよ、リアム殿！　さぁ、自分で答えを見つけるのです！」

打ち返せるわけがない。安士は無理なことをさせている。

だが、ここでリアムの様子に変化が起きる。

無駄に積み上げてきた基礎と、無料動画で見つけた面白修行と、安士が思いつきで行ってきた修行の数々が見事に噛《か》み合わさり、一つの結果を生み出した。

リアムが木刀を正眼に構えると、いくつかのゴムボールが変な動きをする。

当たる前に弾《はじ》かれたように見えた。

安士は最初に「見間違いかな？」と気にしなかったが、その数は徐々に増えていく。

「――へ？」

驚いて口をぽかーんと開ける安士が見た光景は、まるでリアムの間合いにバリアが張られたような光景だった。

ゴムボールをいくら打ち込んでも、リアムに当たらなくなる。

目隠しをしたリアムが笑みを浮かべた。

「こういうことですね、師匠！　ようやく理解しました」

（理解――したの？　え、何を？）

リアムが構えを解くが、それでもゴムボールは当たらない。

むしろ、バリアの範囲が広がっている。

「魔力の壁――これで身を守れば良いのですね」

（何言ってんだ、こいつ？　魔力の壁ってそんなに簡単に張れるの？　聞いたことないんだけど!?　え？　もしかしてこいつ、魔法使いとしても一流なの!?）

安士は鼻水が垂れてきた。

リアムは魔法で自分の周囲にバリアを張っていた。

だが、それでは終わらない。

「理解すれば、この程度はどうということはない。ですが、一閃《いっせん》流は剣技と魔法の混合剣術――魔法だけでは片手落ちですね。だから――」

リアムが木刀を下から上に振り上げると、ゴムボールが竜巻に巻き込まれたように螺旋《らせん》を描くように風に流され上に押し上げられる。

リアムの姿が見えなくなると、竜巻が急にかき消えた。

「ふごっ！」

次の瞬間――ゴムボールの一つが安士の開いた口に飛び込んできた。

（え、何？　何が起きたの!?）

周囲を見れば、装置の発射口にゴムボールが打ち込まれ塞がれていた。

安士が口からゴムボールをこぼすと、地面に落ちて真っ二つに割れる。周囲に転がるゴムボールの全てが同じように斬られていた。

ゴムボールの雨から解放されたリアムが、ゆっくりと歩いて安士に近付いてくる。

目隠しをしながら、安士の方に顔を向けて口元が笑っていた。

その顔が安士には恐ろしかった。

「どうですか、師匠？　俺の答えは正解ですか？」

子鹿のように震える安士はここで理解した。

（何こいつ。意味分かんない。なんであんな基礎と面白訓練でこんなに強くなれるの？　もしかして、本当に天才だったの？　え、本物の天才？）

自分がとんでもない化け物を育ててしまったことに、安士は気付かなかった。

小物なりに安士も取り繕う。

（もう駄目だ。こいつとは関わらないでおこう）

「お見事です。リアム殿。もう、拙者が教えることは何もありません」

「師匠？」

安士は冷や汗を流しながら取り繕う。リアムが目隠しをしていて良かったと安堵するのだった。

「後は奥義のみですが、リアム殿ならきっと完成させるでしょう。後はご自身で必要と思う修行をしなさい。拙者が教えられることは、剣の道に終わりはない事だけ。後はリアム殿がたゆまぬ精進を続けることだけです」

それっぽく終わろうとすると、リアムが慌てて止めに入る。

「そ、それは困ります！　師匠にはもっと修行を付けて欲しいですし、なんならうちの領地に師匠専用の道場も用意しますから！」

（そんなことをされると、逃げられなくなるだろうが！）

安士《やすし》は落ち着いた口調でやんわりと断る。

「実に嬉《うれ》しいお話ですが、拙者もまだ道半ば。まだ道場を持つには早すぎます」

「師匠――だ、だったら、俺の実力を確かめてください。今の俺の奥義が、どの程度か見てくれるだけで良いですから」

「えぇ、構いませんよ」

そう言うと、リアムが目隠しを取る。

「なら、すぐに丸太を用意させます」

「別に今すぐでなくても構いませんよ」

丸太を取りに向かうリアムを見送り、安士は冷や汗を拭うのだった。

「に、逃げなきゃ。いつか俺が偽物だってバレたら、あいつに殺される。俺だと絶対に勝てない」

安士はさっさとリアムに免許皆伝を与えて、惑星から逃亡する計画を立てる。

◇　◆　◇　◆　◇

異世界のドアをくぐり、やって来たのは案内人だった。

屋敷の屋根の上に立ち、そこからリアムを捜す案内人は楽しそうにしていた。

「リアムさんはどうなっているでしょうか？　おや？　領内が随分と発展していますね」

思ったよりもうまくやっているらしい。

それはそれで、今後叩《たた》き落とす際の楽しみにもなるため、今は気にしない。

「さて、あの詐欺師はうまくやっているでしょうか？」

詐欺師であることがリアムに見破られて斬られても、そのまままうまく騙《だま》せていても問題ない。

どちらに転んでも案内人は楽しめる。

案内人がリアムを見つけると、丁度屋敷の庭にいた。

自分の周囲に丸太を並べているが、どれも刀の刃が届く距離にはない。

「おや、修行中でしたか？　さて、どの程度の腕前になったのか楽しみですね」

井の中の蛙《かわず》——詐欺師に剣術を学んだリアムの実力は、この世界では騎士として通用しないレベルだと思っていた。

それに満足していてくれれば、案内人としては面白い。

この世界、個人の強さに大きな開きがある。

幼い頃から定期的に教育カプセルに入った人間と、一度や二度しか入ったことがなく教育をまともに受けられなかった人間とでは大きな差が生じる。

極端に言えば、才能があっても生まれが悪ければ大成しない世界だ。

しっかり教育を受けた者――貴族や騎士は、強くて当たり前の世界。

銃を持った兵士に剣で勝つ程に、騎士とは特別な存在だ。

詐欺師に剣を学んだリアムなど、精々猿山の大将レベルの腕前――案内人はそう考えていた。

世間に出た際には、きっと自分の実力を知って心がくじけるだろう、と。

だが、井の中の蛙大海を知らず――されど、空の青さを知る。

リアムが刀の鍔《つば》を左手の親指で押し上げ、そして放すとパチンという音が聞こえる。

「おや、何をして――へ？」

案内人は驚いて、目の前の光景に間の抜けた声を出す。

「――へ!?」

直後、周囲に置かれた丸太は神速の剣で斬られてパタパタと地面に落ちていく。

「――いや、そんな――嘘《うそ》だろお前!?」

案内人は理解できずにいた。

放置していたこの三十年の間に、リアムはとても強くなっていたのだ。

リアムを見ていた人形、そして執事が拍手をしている。

「お見事です、旦那様」

「このブライアン、感動しましたぞ」

信じられない光景だった。いくら魔法があって、肉体的にも優れているからとあそこまで強くなれるのは、この世界でも一握りの人間だけだ。

リアムは天城《あまぎ》から受け取ったタオルで汗を拭いていた。

「これでは師匠の剣には届かない。もっと教えて欲しかったのに、師匠が急に免許皆伝を俺に与えて出て行ってしまうから」

既に実力は一流に届いているのに、本人は自惚《うぬぼ》れておらず満足した様子がない。

案内人は困惑を隠せなかった。

(あの男、一体何をした？　どうしてこんなことになっている？)

慌てて周囲に映像を用意して確認すると、どこかの惑星に逃げた安士が酒を飲んでいた。

飲み屋のカウンターなのか、女性が側《そば》にいて接待をしている。

『――何なのあいつ？　意味分かんない』

『安士さん、またお弟子さんの話？』

安士は愚痴をこぼしていた。

『俺なんて剣士として二流。いや、三流だよ。なのに、あいつと来たらこっちが思いつきで言ったことも実行してさ。気が付けば十年で俺を超えて、二十年目で一流一歩手前だよ』

可笑《おか》しいのか女性が笑っていた。

『それで最後の十年で、一流の剣士にしたんだっけ？　安士さんの冗談、面白いわね』

女性は信じていない様子だが、安士は冗談ではないと強く主張する。

『冗談じゃないんだよ！　あのガキ、最後の方では領地に立派な道場を作るからそこで剣を教えてと言ってきたんだ。俺は――怖くなって逃げたよ。あいつおかしいよ。剣を抜かずに敵を斬るとか頭おかしいよ』

自分が見せた大道芸を、剣術として完全再現したリアムが信じられないようだ。

案内人は映像を消すと、額に手を当てて悩むのだった。

――頭痛がする。原因はリアムだ。

リアムの感謝の気持ちが伝わってくる。

聞こえてくるリアムの声は――。

(それにしても俺は運が良いな。素晴らしい師に剣を学べたし、領内も荒れた状態からここまで発展してきた。最初は騙されたと思ったが――やっぱりあの案内人は本物だな。凄《すご》い奴《やつ》だ)

――伝わってくる感謝の気持ち。それが案内人にはとても不愉快だった。

負の感情は大好物だが、こうした感謝やら好意に対しては吐き気がする。

リアムの感謝の気持ちが強すぎて、案内人にとっては嬉しくない状況になっていた。

「ちょっと色々と考える必要がありますね」

このままでは気分が悪い案内人は、リアムに負の感情を抱かせるために仕込みをすることにした。

案内人は考えた。

リアムから送られてくる感謝で気分が悪い中、どうすればリアムが自分を恨み、憎しみ、嫌悪するのかを真剣に考えた。

想像以上にリアムの感謝が気持ち悪く、案内人の体をむしばむ勢いだ。

「やはり不幸にするのが一番ですね。ですが、周りにいるのは年老いた執事と人形だけ。これでは、精神的なダメージを与えられない。人間の女がいれば、前世のトラウマを刺激できたというのに」

部下に問題を起こさせようとも考えたが、悪さをしそうな官僚がほとんど処刑されておりそれも難しかった。

手頃な手駒が見つからない。

無理をすれば用意も出来るが、あまり手を出しすぎては面白みに欠けてしまう。

案内人としては、きっかけだけを与え、その後に転げ落ちる様を見て楽しむのがポリシーだ。

一から十まで手を出すというのは、好みではなかった。

だが、さっさとリアムを片付けたいと思う気持ちもあり、悩ましいところだった。

「もっと美女を侍《はべ》らせ、やりたい放題していると思ったのに意外と真面目ですね」

悪徳領主を目指していたはずなのに、やっているのは普通の統治だった。

というか、善政だ。

こいつ目的を忘れたんじゃないのか？　そんな事を思いつつリアムを監視していた。

リアムが執務室で一人になったところで、背伸びをはじめてニヤニヤし始める。

「おや？」

リアムの思考を読むと、どうやらリアムなりに悪徳領主というものにこだわりがあるらしい。

（領内も発展して、領民たちにも余裕が出てきたな。やっぱり、搾り取る前には、しっかり豊かにしないと駄目だよね。搾りかすなんかに興味ないし）

案内人は、リアムが目的を忘れていないことに嬉しく思う。

これで心変わりをしていたら、案内人は自らひねり潰していたかもしれない。

「なるほど。私と同じように上げてから落とすのですね。その考え、嫌いじゃありませんよ。そうなると、これからに期待が出来ますね」

リアムはニヤニヤしながら今後のことを思案している。

（まずは美女をかき集めてみるか？　領内の人口からすれば、絶世の美女の一人や二人くらいいるだろうし）

無理矢理連れてきて、などと考えているリアムに案内人は興奮する。

「いいですね。実に素晴らしい。俗物で矮小《わいしょう》で、器の小ささが透けて見えますね。無理矢理でも、金で買うにしても、結局最後は心まで手に入らなかった、なんてパターンが最高でしょうか？　いや——いっそ、愛を確かめ合ったところで別の男を用意して寝取らせましょう。きっとリアムさんは大喜びしてくれますよ」

楽しそうにする案内人だったが、執務室に天城が入ってきて水を差されてしまう。

舌打ちし、渋々とリアムを見守る案内人だった。


『——軍から人材の受け入れ？』

『はい。予備役、退役間近の軍人を受け入れて欲しいとのことです。正規軍に払い下げを購入したいと打診したところ、人員もどうか、と』

案内人は、この帝国軍からの提案は使えると判断した。

「ふむ、帝国軍からすれば面倒な人材を減らしたいということなのでしょうか？」

どうやら、帝国は辺境に左遷させたい軍人たちがいるようだ。

面倒な連中を領主に押しつけたいのだろう。

それを察したリアムが、嫌そうな顔をしている。

『どうせ、役に立たない連中が送られてくるんだろ？』

『ですが、帝国の正規軍です。彼らの中には、帝国の士官学校を卒業した者たちがいます。しっかりと教育と訓練を受けていまし、実戦経験も豊富です。当家の私設艦隊を強化する意味合いでも必要な人材たちかと』

言われて、リアムが渋々受け入れを許可する。

それを聞いて、面白いことを思い付いた案内人が口を歪《ゆが》めて笑いはじめた。

「将来への布石としましょう。悪徳領主を許さぬ、真面目な軍人たちを集めて反乱の芽にするのも一興。実に楽しくなりそうですね」

これから悪徳領主として暴虐の限りを尽くそうとしているリアムだ。

きっと真面目な軍人たちは快く思わない。領民たちが立ち上がる際には、一緒になってリアムを吊《つる》し上げてくれるだろう。

部下に殺されるリアムを想像し、案内人は胸が熱くなってきた。

「それでは、真面目な軍人たちが集まるようにしましょうか。いや〜、私って本当にアフターフォローに手を抜きませんね。自分でも働き過ぎだと思えてきますよ」

白々しい台詞《せりふ》の後に指を鳴らすと、案内人の体から黒い煙が発生して周囲に拡散して消えて行く。

帽子を押さえるように深くかぶる案内人は、異世界を渡るドアを開けた。

「それにしても、感謝など反吐《へど》が出ますね。ここにいるのも気分が悪い。私はしばらく余《よ》所《そ》にいくとしましょう。リアムさん、次に来る時は楽しませてくださいよ」

リアムからの感謝の気持ちが忌まわしいため、しばらく時間を空けることにした。

案内人はこの世界から去って行く。

◇　◆　◇　◆　◇

バンフィールド家の領地に旧式艦で揃《そろ》えられた艦隊がやって来た。

率いるのは帝国軍の准将で、士官学校を上位の成績で卒業し、真面目な性格もあって順調に出世してきた元エリートだ。

だが、上官だった貴族の不正を暴くと、そこで出世コースから外れてしまった。

同期たちが出世していく中、自分だけは准将で辺境のパトロール艦隊に配属だ。

左遷先として有名な艦隊で、敵も現れないような宙域を見回るだけの職場だ。

そうした艦隊はいくつも存在してきたが、上層部の気まぐれでいくつかの艦隊を解散させることになった。旧式の艦艇を買い取る貴族が見つかったので、ついでに自分たちも売りつけられた。

「軍は人まで売るのか。腐り果てたな」

ボソリと艦橋で呟《つぶや》いたが、周囲の誰も聞いていなかった。

今回集められた人員のリストを見れば、癖の強い者たちが多く、貴族に逆らって降格された者たちも珍しくない。

真面目すぎ、頑固すぎといった厄介者たちをまとめたような顔ぶれだ。

「不器用な者が多いな」

艦橋のオペレーターが、バンフィールド家の本星に近付いたことを告げてくる。

「司令、バンフィールド家から通信が入っています」

「繋《つな》げ」

内心では貴族の私兵など嫌っている司令官だが、そんな立場になるしかない自分を情けなく思う。

だが、軍人として長年生きてきて、他で生きていく術《すべ》を知らない。

他の道を選ぼうとも思えなかった。

(私も含めて不器用な連中の集まりか。そんな私たちを受け入れる貴族はどんな人物なのだろうな)

バンフィールド家で一体どんな仕事をさせられるのか？

不安な部下たちも多く、そんな彼らを率いる司令官は弱気な態度を見せてはいけないと胸を張る。

◇　◆　◇　◆　◇

それは四十代も半ばに差し掛かった頃だ。

前世ならもう老後を考えていてもおかしくない時期か？　早いか？

だが、この世界ではようやく成人するね、って時期だよ。

俺の方は普通だ。普通に生活し、普通に仕事をし、普通に勉強とか体を鍛えている。

理由？　悪をなすための準備期間のようなものだ。

というか、生活に困らないのでこのままでも十分な気がしてきた。

執務室で仕事を終えると、天城《あまぎ》が俺に報告をしてくる。

「旦那様、第七兵器工場のニアス・カーリン技術中尉が面会を求めております。アヴィドの状態を確認したいそうです」

「ニアスが？」

あの美人な技術中尉さんが、また俺の領地にやって来たのか。

「わざわざあの人がアヴィドの様子を見に来たのか？」

「アヴィドの確認は口実でしょう。本命は、第七兵器工場の兵器販売と思われます」

帝国は大雑把なところが多い。

星間国家の特徴でもあるのだが、何かと規模が大きすぎて、些細《ささい》なことと判断する範囲が広すぎるのだ。

帝国が管理している兵器工場から、領主貴族は兵器を購入できるのもソレだ。

購入するにも条件はあるが、それも緩い。

むしろ、兵器工場から人が来て訪問販売を行っている。

「こっちの財政状況なら買えると判断したか？　でも、新造戦艦とか高いよな？」

中古車を買うか、新車を買うか——そんな感覚に近い。

現在、バンフィールド伯爵家が使用している艦艇の多くは、一世代前、もしくは現在の主力機となっている。主力機も、価格を抑えるために劣化品やらグレードの低いものばかりだ。

それでも十分に使えているし、俺としては文句もなかった。

「俺に売るより、帝国軍や金持ちに売ればいいだろうに」

「第七兵器工場の評価ですが、技術力は高いがデザイン性に問題があるそうです。価格も性能に合わせて高く設定されていますね。帝国内では微妙な評判です。それとは逆に、デザインと性能にも優れた商品が多い第三兵器工場が、帝国では一番人気ですね」

第七、と示すとおり、兵器工場は他にもある。

競争相手が多くて大変なのだろうが、俺にはあまり関係ないからどうでもいい。

面会すると返事をして、俺は応接間へと向かうことにした。

◇　◆　◇　◆　◇

応接間に到着するとニアスが既に待っていた。

今日は作業着であるつなぎ姿ではなく、軍服だった。

――タイトスカートの丈がやけに短い気がする。

俺の視線の先に気が付いたのか、天城がボソリと「あの制服は、帝国軍では規定違反ですね」と呟いていた。

ソファーに座るとその意味が分かった。

随分と気合の入った下着をはいている。

挨拶を済ませると、ニアスが俺に訪問販売とは関係ない世間話を振ってくる。

「随分と大きくなられましたね。見違えましたよ、伯爵」

「それはどうも。それより、本題は？」

褒めているのだろうが、そんなに大きくなった気がしない。

彼女なりのリップサービスだ。

まぁ、子供を褒める場合の常套句《じょうとうく》みたいなものだからな。

「アヴィドの状態を確認しようと思いやってきました。調子はどうですか？」

俺は太股《ふともも》の隙間――スカートの中へチラチラと視線が向かう。

「そっちじゃないだろ。売りたい物があるんじゃないのか？」

以前より領地が発展しており税収も増えている。

金回りがいいと嗅ぎつけると、色んな連中がやってくるようになった。

ニアスも同類だ。

ニアスがタブレット端末を取り出して操作すると、俺の周囲に立体映像が浮かび上がった。

「話が早くて助かります。第七兵器工場が建造する戦艦、または兵器の購入などいかがでしょうか？」

周囲に浮かぶ戦艦の立体映像の数々は、縮小されているが迫力があった。

リアルすぎて、精巧なミニチュアが浮かんでいるように見える。

そんな映像の下には、とんでもない金額が表示されていた。

やっぱり新車――じゃなかった、新品は高い。

「うちで使っている艦艇よりも値が張るな」

「艦艇にもグレードがありますからね。必要最低限の性能だけを備えた物とは違い、やはりお値段も高くなりますよ」

新品の高性能な戦艦一隻で、グレードが落ちた中古品が三隻は買えそうだ。

天城が映像を確認しながら、ニアスが語らない部分を補足してくる。

「帝国の兵器工場から商品を購入する際には、税金もかかります。税込み価格ではありませんね」

俺がニアスを見れば、視線をそらして困ったように笑っていた。

「で、ですが、それだけの性能を保証します！　最新式は改良も進み、様々な面で優秀になっていますよ。たとえばこの巡洋艦！　これまでよりも機動騎士を運用できる数が増えているんです。それに戦艦としての性能もこれまでよりも優秀です！」

要するに、従来型のマイナーチェンジ版――最新バージョンを作ったから売りに来たようだ。

確かに性能は素晴らしいが、俺に持ってくるな。

「帝国軍に売れよ」

ニアスが両手で顔を隠して、悲しそうな声で事情を話す。

「――トライアルに負けて採用されませんでした」

星間国家って大雑把だから、艦隊ごとにどこの工場からどんな艦艇を買うか決めていた。

トライアルなどしょっちゅうしている。

だが、そのトライアルの全てに負け、第七兵器工場の戦艦は採用されなかった。

天城が冷静に分析した結果を伝える。

「それは、性能以外に問題があるのでは？」

ニアスが泣きそうになりながら、言い訳をする。

「生産性も整備性もうちが優秀だったんです！　それなのに、従来よりも小さくなっているとか、デザインが気に入らないとか――内装が安っぽいと言われて」

貴族は外見と内装を重視する。軍の上層部には平民もいるが、貴族の方が圧倒的に多い。

採用する際に、デザイン重視――というか、そこまで大きく性能が違わなければ、気に入った方を選択する。

俺も同じ立場なら、デザインの良い方を選ぶな。だって、性能にそこまでの差はない。

時々、性能重視で採用する人もいる。

いるにはいるが、他の艦艇とスペックを比べても、そこまで大きく性能に差がない。

マイナーチェンジをしたけど売れなかった、というのが本当のところだろう。

値段と性能が釣り合わず、コストパフォーマンスが悪くて外見も駄目とか買う理由がない。

「ど、どうでしょうか、伯爵？　二百隻。いえ、百隻でもいいんです！　ローンでも構いませんから、購入を検討していただけないでしょうか！」

第七兵器工場も、ここまでトライアルに負け続けると思っていなかったのだろう。

きっと第七兵器工場に在庫が山のようにあるから、こうして俺のところまで売りに来たのだ。

「天城、他の工場の戦艦を見られるか？」

「ご用意いたします」

天城の周囲に、他の兵器工場の戦艦などが縮小された立体映像で表示される。

他の工場で建造された艦艇などを見ると、第七兵器工場の艦艇はなんというかザ・兵器！　という感じの無骨さがあった。

ただ、その無骨さもね――駄目な感じの無骨さっていうの？　俺は好きになれないよ。

基本構造を同じにしている他の兵器工場の艦艇は、デザインが洗練されている。

これは負けてても仕方がないし、納得できる。

確かに性能は良いのだが、もう少し何とかしろよって思う。

比べて見ると、特に第三兵器工場の戦艦とか凄《すご》くかっこいい。これは売れるわ。

「天城、これよくない？　俺の乗艦にしようぜ」

「旦那様、旗艦クラスの戦艦を購入するには、帝国の許可が必要です。バンフィールド家では許可が下りないかと」

二千メートルを超える旗艦クラスの戦艦は買えないようだ。

一千メートルより小さい戦艦から選ぶしかない。――待て、一千メートルって小さいかな？

感覚が狂ってくる。

「そっか、残念だよな」

買えない理由――うちは帝国に払うべき税金は最近まで滞納していた。

俺の代でようやく払いはじめたのだが、帝国からの対応は冷たい。

許可を得ようとしても、その前に滞納分の税金を払えと言われそうだ。

悪徳領主として真面目に税金を払うのはおかしいとも思うが、お上に逆らってもいいことなどないのだ。長いものには巻かれろ、だ。

悪事は領内で働き、帝国にはいい顔をする――小悪党っぽいな。嫌いじゃない。

「なら、こいつで我慢するか。今のよりかっこいいし」

少し小さいが、八百メートル級を指さした。

「それでは、第三兵器工場に連絡を取りますね」

ニアスの前でそんな話をしていると、俺たちの会話を遮ってくる。

「待ってください！　本当に困っているんです！」

そんなことは分かっているが、困っているのは俺のせいじゃない。

「だってデザインが酷《ひど》いし」

「性能の方が大事じゃないですか！　中に入れば、外見なんて見えませんよ！」

「能力がそこまで変わらないなら、デザインで選ぶしかないだろ。そもそも、中身も問題だ。内装も安っぽいというか、ここまで配慮しないと悪意を感じるぞ」

立体映像で艦内の様子を見たが、もう悪意を感じてしまうほどに狭い。

無駄を省いたと言えば聞こえはいいが、乗組員のことをほとんど考慮していない。

「生産性や整備性は段違いですから！」

「問題はそこじゃねーよ」

「そ、それなら」

食い下がるニアスが、いそいそと上着を脱いだ。

白いシャツの下に透けて見える下着は、随分と派手だった。

勝負下着という奴《やつ》だろうか？

わざとらしくニアスが両手で胸を寄せて、アピールをしている姿を見て思い出した。

――前世、妻のタンスの引き出しに見慣れない派手な下着が増えていた。

そんな俺の気持ちを察しないニアスは、無理に色気のあるポーズをとろうと空回りしている。何だか、見ていると可哀想《かわいそう》になってくる。

「伯爵様～」

猫なで声で俺を呼ぶが、もう——うん。駄目すぎる。

俺が肩を落とすと、ニアスが涙目になっている。

「なんでガッカリしているんですか！　あんなに私の胸を見ていたのに！」

「うん、そうだな。でも、今は気分じゃないから」

前世を思い出して気分が落ち込んでくる。

夜の生活を断られているのに、増えていく派手で面積の小さな下着の数々。

浮気を疑いだしたきっかけだったが、結局あの時の俺は妻を信じて問い詰めなかった。

これでは足りないと思ったのか、シャツの胸元を開き、脚を開いて下着が見えるようにしたニアスが、なれないポーズをしながら甘えてくる。

本人も恥ずかしいのか耳まで真っ赤になっていた。

「は、伯爵様、ニアスは戦艦を買って欲しいのぉ〜」

ぎこちない笑みに、ポーズもなれていないのか、それとも辛《つら》い姿勢なのか震えている。

——まったく俺の男心に響かない。

普段はこんなことを絶対にしない仕事の出来るクール系美女が、おねだりをしてくるというシチュエーションには心に来るものがあるはずだ。

だが、今のニアスは——見ていて可哀想になってくる。

別の意味で俺の感情を刺激してくる。憐《あわ》れみという感情に、だ。

「もういいよ。見ていて痛々しいから、買ってやるよ。二百隻だったか？」

「出来れば三百隻でお願いします！」

さっきより数が増えているじゃないか！

こいつ、強《したた》かすぎるだろ。色仕掛けは下手くそだけどな。

「天城《あまぎ》、三百隻も買えそうか？」

確認すると、天城はすぐに計算して答えを出す。

やっぱり天城って有能だわ。

「購入予定の艦艇の数を減らせば可能です。長期的に見れば、無駄にはなりませんから購入しても問題ないかと」

ニアスに視線を戻すと、余程嬉《うれ》しかったのか手を組んで瞳を輝かせていた。

「ありがとうございます！　すぐに納品しますね」

「ちょっと待て。買ってやるが――とにかくデザインを何とかしろ。外観は張りぼてでも良いからカバーを付けるとか、色々とあるだろうが。金はかかっても良いから、内装もどうにかしろ。安っぽすぎるんだよ」

仕事の話になると、ニアスが胸元を押さえて眼鏡を指先で少し押し上げて位置を正していた。

今更取り繕われても、先程の悲しい光景は忘れられない。

「この機能美にあふれたデザインが理解できないのですか？」

「そんなことだからトライアルで負けるんだよ。もっとユーザーの気持ちを理解しろよ」

トライアルで負け続けたことを思い出したのだろう。

肩を落とすニアスが、乗り上げたテーブルの上で膝を抱えていた。

「それを言わないでくださいよ。気にしているんですから。私だって、これは流石《さすが》に酷いかな、って思いましたよ。でも、上司がこれでいくって言うから」

下着が見えているのだが、いいのだろうか？　というか、テーブルの上に座るなよ。

天城は基本無表情なのだが、どこか呆《あき》れているように見えてしまう。

「仕事以外は残念な方のようですね」

美人なのにね。残念美人という奴だ。

最終的に細かい打ち合わせは天城に任せ、商談を終えた俺は疲れた顔で応接間を出て行く。

◇　◆　◇　◆　◇

屋敷の廊下をブライアンが歩いていた。

「いや～、最近はお客人も増えて嬉しいですな」

誰も訪れないというのは、貴族として見向きもされていないという意味だ。

客たちが来るというのは、リアムが少しずつでも評価されていることを意味している。

それがブライアンはたまらなく嬉しかった。

「おや？」

ニコニコしたブライアンが曲がり角に近付くと、何やら女性の話し声が聞こえてくる。

（あれはお客人のニアス様では？）

失礼とは思ったが、コソコソと隠れるように通信をしているニアスに警戒する。

聞き耳を立てると、ニアスの会話が聞こえてくる。

「どうよ。三百隻も売れたわ」

どうやら、相手は第七兵器工場の後輩らしい。

空中に浮かんだ映像を前に、ニアスと話し合っている。

『でも、デザインの変更指示付きですよね？　上は怒りますよ』

「し、仕方ないじゃない。そうしないと買ってくれないのよ！　改修すれば買ってくれるのよ！」

ニアスは後輩の反応に納得がいかないようだ。

「私がどれだけ頑張ったと思っているの？　本当に大変だったんだからね」

『堅物の先輩が色仕掛けで商談をまとめたのが信じられないですね。手を出されたんですか？』

「そ、そこまではしていないわ。で、でも、伯爵は私に夢中よ。きょ、今日も舐《な》め回すような視線で見られたわ」

『本当ですか？』

「――た、たぶん。きっと。見ていたかな、って」

徐々に自信のなくなるニアスの声は、段々小さくなっていく。

『むしろ、玉《たま》の輿《こし》を狙えば良かったのに』

「そ、そこまではしないわよ。それより、私の魅力で商談をまとめたんだからもっと敬いなさい！」

『でも、三百隻ですよね？　その倍は売ってもらわないと』

「三百隻も売った私を褒めなさいよ！」

話の内容から、バンフィールド家が第七兵器工場から戦艦三百隻を購入したようだ。

そのことについて、ブライアンはリアムの指示に従うしかない。

しかし、許容出来ない話があった。

それは、ニアスが色仕掛けでリアムに戦艦を売った、という部分だ。

（リアム様がハニートラップに引っかかってしまったですと!?）

リアムの今後に不安を覚えるブライアンだった。

第七話 ▼ 悪徳商人

越後屋、そちも悪よのぉ～。

こんな台詞《せりふ》を知っている人は多いのではないだろうか？

悪徳商人と言えば、前世では越後屋のイメージだ。

リアルの越後屋さんも迷惑な話だろう。

それはともかく、悪徳領主として振る舞う前に、俺の越後屋――じゃなかった。

うちの御用商人を紹介しよう。

髭《ひげ》を生やした小太りの、いかにも悪徳商人という外見の男は【トーマス・ヘンフリー】だ。

ボロボロだった領地を整備し、開発が進み、発展すると商売がしたいとやって来た。

ここでいう商人とは〝惑星間〟の交易商を意味する。

領内で商売をしている商人とも、また違った存在だ。

宇宙に進出したこの世界で御用商人という存在が必要なのか疑問だったが、彼らは惑星間を飛び回る特別な商人だ。

帝国内だけではなく、他の星間国家にも行き来して商品の売り買いを行うのだ。

とんでもなく遠い惑星から、珍しい資源やら商品を持って来て俺の領地で売ると思って欲しい。

その逆もあるが、領内で商売をしている企業とは別枠だ。

そんな商人と手を結ぶのも、領地を発展させるために必要になってくる。

トーマスはバンフィールド家が認めた、俺の領地で特別な商人だ。

応接間でローテーブルを挟み向かい合って座り、俺はトーマスに要求する。

「山吹色のお菓子は持ってきたんだろうな？」

汗を拭うトーマスが、俺に金の延べ棒が入った箱を差し出してくるのだった。

黄金のお菓子——付け届け、というやつだ。

悪代官と商人がやり取りをする際には、必須の品だろう。

昔、時代劇で何度も見た光景だから間違いない。

トーマスは少し困り顔をしていることから、少し無理をしてかき集めたようだ。

「もちろんでございます。お納めください、伯爵様」

受け取った俺は、そのズッシリとした重みに笑みがこぼれる。

「越後屋、そちも悪よのぉ！」

「いえ、伯爵様、当家はヘンフリー商会と何度も申し上げておりますが？」

トーマスがいつもの反応を返してくるので、遊びもここまでにしておこう。

「ただの冗談だ」

「は、はぁ、そうですか」

いつもの悪徳領主らしい挨拶が終わる。

賄賂を受け取った俺は、ホクホク顔でトーマスの話を聞くことにした。

「それで今回はどうした？　ただ挨拶に来たわけじゃないだろ？」

付け届けがあるということは、相応の願いがあるからだ。

「実は取引で危険な宙域を通らなければならず、伯爵様の持っている艦隊を貸して欲しいのです。護衛として百隻を希望いたします」

護衛として軍事力を貸して欲しいそうだ。

きっと護衛は建前で、俺の軍事力を利用して悪巧みでも考えているのだろう。

だが、俺が儲《もう》かるなら貸し出してもいい。

「そんなに危ないところに行くのか？」

「目的地に危険は少ないのですが、その中継地点に海賊たちの拠点が多いのです。一日に二度も三度も襲撃されたという商人も少なくありません」

宇宙海賊というのは面倒な存在だ。

そして、厄介さもピンキリだ。

本当に数世代前の兵器を持ち出して粋がっている小規模な奴《やつ》らもいれば、軍隊から逃亡した連中が集まった危険な海賊たちもいる。

そういう奴らは、傭兵《ようへい》稼業もやっていて戦闘経験が豊富だ。

装備の質、量、そして人材が揃《そろ》った海賊団は――非常に危険な存在だった。

俺の後ろに控えている天城に視線を向けると、言いたいことを察したようだ。

「百隻ならばすぐにでもご用意できます」

俺は視線をトーマスへと戻し、頷《うなず》いてやる。

「いいだろう。貸してやるよ。だが、分かっているよな？」

トーマスは安堵《あんど》するが、俺の意味ありげな笑みに少し困惑していた。

「わ、分かっておりますがその――いえ、次回も山吹色のお菓子をご用意いたします」

「それも重要だが、大事なのは俺が儲かることだ。俺を儲けさせてくれるんだろうな？」

俺が儲からなければ、兵力を貸し出す意味がない。

「も、もちろんでございます！」

「いいだろう！　天城、すぐに手配しろ」

「承知いたしました」

御用商人として俺を儲けさせてくれよ、越後屋――いや、ヘンフリー商会。

お前は俺を利用するだろうが、俺もお前を利用してやる。

◇　◆　◇　◆　◇

リアムとの話が終わり、トーマスは宇宙港に来ていた。

トーマスが使用している大型の輸送船が、宇宙港に停泊しているからだ。

バンフィールド家の宇宙港は、ドーナツ形の形状をしている。

そこから蜘蛛《くも》の巣のように通路が延び、宇宙船が停泊するように設計されている。

急激に規模が大きくなるバンフィールド家では、宇宙港も増設が続いていた。

地上から宇宙へと上がったトーマスは、無重力空間の通路を進み自分の船に乗り込むところだ。

手荷物を持ち、周囲には部下や護衛の姿がある。

全て動く歩道が設置され、立っているだけで目的地にたどり着ける。

宇宙港から遠く離れた場所に停泊している船舶は大変だろうが、トーマスのようにバンフィールド家の関係者は優先してアクセスのしやすい場所に停泊が許されていた。

通路の天井はドーム型になっており、外の景色が見えるようになっている。

そこから真上に見えるリアムの住む惑星を、全員が見上げていた。

部下の一人が、到着まで暇だったのかトーマスに話しかけてくる。

「バンフィールド家の領地は随分と発展しましたね。あの若様——いえ、伯爵様はあの年齢でよくここまで立て直せましたよ」

トーマスも商売をする中で、過去に何度もバンフィールド家の領地に立ち寄っていた。

お世辞にも素晴らしいとは言えなかったが、ここ数十年で見違えるように急成長している。

リアムに代替わりしたことが大きな要因だと考えたトーマスは、バンフィールド家の御用商人になることを選んだ。

本来なら、バンフィールド家には信用がない。

ゼロではなくマイナスであり、商家なら御用商人になりたがらない。

しかし、トーマスはリアム個人を評価し、御用商人になる道を選んだ。

トーマス的には、ハイリスクな決断だった。

ただ、今のトーマスはハイリターンを得たと考えている。

「今まで見てきた貴族様とは少し違うな。異質な存在だが――あの方は名君だよ」

山吹色のお菓子を要求するリアムを名君扱いするトーマスという商人。

周囲もソレを否定しない。

ことある事に賄賂を要求しているのに、どうして名君扱いを受けるのか？

それは、星間国家ならではの価値観が影響している。

部下の一人が考え込んでいる。

「でも、どうして黄金を要求するんでしょうね？　伯爵の領地では、特別不足している資源ではありませんよね？　確かに貴金属ではありますが――他では駄目なのでしょうか？」

トーマスも部下の疑問に関しては明確な答えを持っておらず、回答に困っていた。

「私もそこが疑問だよ。何故《なぜ》、黄金なのだろうな？　いや、私としては嬉《うれ》しいよ。でも、ちょっと申し訳ないというか――少し前に、ミスリルとか魔力を持つ宝石とか、色々と献上したのに不満そうだったからね。黄金だと目に見えて喜ばれるからさ」

この世界は剣と魔法のファンタジー世界である。

黄金よりも価値のある金属など数多く存在していた。

ミスリル、アダマンタイト、オリハルコン――その他にも、魔力を内包する宝石など、黄金と比べても価値ある財宝はいくつも存在する。

それなのに、リアムはそれらではなく黄金を喜ぶ。

トーマス的には、毎回のようにちょっとしたお土産で喜んでいるようにしか思えないのだ。

自分が得ている利益に対して、リアムの要求が釣り合っていない。

部下たちも困惑していた。

「分からない人ですね」

リアムが黄金を要求する理由が、トーマスたちには理解できなかった。

前世――地球では黄金が価値を持っていた。

それは、地球に存在する黄金の量が決まっているからだ。

この世界でも貴金属として価値はあるが、ミスリルなどと比べると価値は下がる。

ミスリルに関して言えば、聖なる力を宿した銀――贈り物には喜ばれるし、黄金よりも総量が少ないとされ価値のある金属とされている。

「慎《つつ》ましい方だね」

バンフィールド家の御用商人として得られる利益に対して、普段差し出している賄賂など本当に僅かな金額でしかない。

雀《すずめ》の涙――逆にトーマスの方が申し訳なくなるのが実情だった。

通路を抜けると、トーマスは自分の船へと到着した。

「それにしても、便利になったものだな」

トーマスは振り返って宇宙港を見る。

新たに建造された宇宙港は、設備やら施設が充実しており商人にはありがたい。

それでも、今では手狭になりつつある。

新たに第二ステーションを建造する計画もあり、バンフィールド家の隆盛はまだ続きそうだ。

トーマスは、領内に投資するリアムの姿を見て感心する。

「得られた税のほとんどを投資していると聞いてはいたが、当たり前のことを当たり前のようにする。それがあの年齢で出来るとは、やはりただ者ではないのだろうね。これで、バンフィールド家に莫大《ばくだい》な借金がなければ、どれだけの領地になっていたことか」

トーマスは残念そうに言葉を漏らすと、部下たちに視線を向けるのだった。

「今回の取引は、いつも以上に危険だがバンフィールド家にはとても重要な取引になる。普段稼がせてもらっているんだ。我々も御用商人として伯爵様に貢献しようじゃないか」

実は今回の取引は、バンフィールド家にとって重要な取引だった。

トーマスたちにとってはあまり無理する必要もないが、リアムに貢献するためにどうしても必要な商売だった。

――トーマスは悪徳商人ではなかった。

◇　◆　◇　◆　◇

ブライアンはリアムの執務室を訪れていた。

「リアム様、また賄賂ですか？」

「いいだろ」

「確かに羨ましいとは思いますが、その――」

仕事が終わったリアムは、机の上にトーマスからもらった賄賂の黄金を並べている。

ブライアンは賄賂を堂々と受け取るリアムに色々と言いたい気持ちがあった。

(黄金で喜ばれるリアム様は、慎ましいのだろうか？)

リアムは天城《あまぎ》と黄金の使い道について話している。

「やはり財宝と言えば金貨だな。天城はどう思う？」

黄金を何に加工するか考えていたようだ。

側《そば》にいた天城は、リアムのために紅茶の用意をしながら答えている。

「よろしいかと思います。ですが、どうして黄金なのでしょうか？」

「ん？」

リアムが黄金で喜ぶことに、天城も疑問を抱いていたようだ。

ブライアンも心の中で頷く。

（よくぞ聞いてくれました！　いや、本当に何故黄金で喜ぶのでしょうか？）

リアムは手に持っていた金の延べ棒を眺めているが、その瞳はどこか寂しそうにも見えた。

「成金の象徴だ。それに、金には価値があるからな。変わらぬ価値がある。それは素晴らしいことだと思わないか？」

天城とブライアンが顔を見合わせ、今後はブライアンが尋ねる。

「あの、リアム様？」

「何だ？」

「黄金よりも、ミスリルなどの方がよっぽど価値がありますが？　ご存じなかったのですか？」

「はぁ？　知っているに決まっているだろうが」

「で、では、何故です？　ミスリルでよろしいではないですか？」

リアムは金の延べ棒を机の上に置き、深い溜息《ためいき》を吐いていた。

ガッカリされたことに、ブライアンはショックを受けてしまう。

「このブライアンに何か落ち度でも!?」

「落ち度ばかりだよ。いいか、ミスリルやオリハルコン、アダマンタイトなんて希少金属を飾って楽しいか？」

ブライアンとしては、普通に嬉しく思う。

「ミスリルの指輪など、女性に好まれますが？」

「え、本当？　いや、そうじゃなくて！　そういう、ミスリルとかオリハルコンは、使ってこそ意味があるだろ？　飾りじゃないんだよ」

リアムにとって、それらは装飾品にする意味がないようだ。

有用な金属は使ってこそ、という考えに天城が頷いて同意していた。

「素晴らしく合理的な判断です」

ブライアンは、リアムの考えに感心して何も言うまいと決めた。

そして、黄金についての話をする。

「そうですな。ですが、古代には黄金はその希少性から繁栄の象徴をはじめ、色々な意味を持っていたありがたい金属です。験担ぎにもなってよろしいのではないでしょうか？」

リアムは験担ぎに関しては、あまり興味がないようだ。

「ふ～ん。あ、それよりもこれは金貨にするわ。ブライアン、加工してこい」

「リアム様、このブライアンは執事なのですが？　まぁ、言われればやるのですけどね」

◇　◆　◇　◆　◇

未来の予想図というのは、大抵外れるものである。

前世、俺の子供時代には普通に車が空を飛んでいる未来予想図があった。

だが、大人になったら、空を飛ぶ車はあっても一般的ではなかった。

星間国家が存在しているというのに、高層ビル――高級ホテルの最上階から見える景色は前世で見た景色と大差がない。

いや、前世の大都会の方が発展しているようにすら見える。

高層ビルは存在するも、密集などしていない。

自然豊かと言えば聞こえはいいが、手付かずの土地が多い。

「俺の領地はまだ田舎だな」

愚痴をこぼしていると、俺の側にいる天城が訂正してくる。

「旦那様が爵位と領地を引き継いだ時と比べると、数字上では大きな成長を遂げていますよ。実際に見違えるほど発展しています」

天城らしい考えだが、人間は見た現実が全てだ。

俺にとっては、ここはまだ田舎だ。

「数字上の話だろ？　俺が実感していないから無意味だ。それに、俺が理想とする光景とは違うんだよ。ファッションも何か違うし、女を屋敷に連れ込もうとか思えないわけよ」

たまに領内を歩いてナンパでもしようと思うのだが、ファッションがね――駄目なんだ。

最近になって、領内の女性たちも着飾ることにお金を使うようにはなった。

着飾って買い物を楽しむ女性たち。

でも、俺の求めていたものとは違うんだ。

ほら、現代で言えば昭和のファッションを見て興奮できるかってことだよ。

俺は清楚《せいそ》な感じが好きなのに、みんなギャルぽい格好をしていたら萎えるだろ？

とにかく、好みじゃないから手を出す気がしない！

これでは、地位や権力を利用して、無理矢理女性を屋敷に連れ帰るなど出来ない。

「もっと発展させないと駄目だな。特にファッションだ」

「十分に発展していると考えますが？」

そもそもこの世界は、惑星ごとに文化が違ったりする。

帝国という大きなくくりの中、共通点も多いが違いも多い。

中には俺の理想とする惑星もあるだろうが、首をかしげたくなるファッションやら文化も多いわけだ。――というか、地球ですら国によって文化は多種多様だった。

それが星間国家になれば、もっと増えるということだ。

「よし、ファッションデザイナーとか、とにかくそういう奴《やつ》を連れてくるか。エステとか、そっち系にも投資してさ！　そうしないと食指が動かないぞ」

俺が納得できない領民のファッションは他にもある。

海水浴場で流行《はや》っている水着が、全身タイツのようなタイプだった。

若い男女が顔だけ出して海ではしゃいでいる姿は、俺の理想とはかけ離れている。

ふざけるな、いい加減にしろ！　そんなの絶対に認めないぞ。

何で肌を露出しないんだ！　見ていて全く楽しめない！

「モデルも連れてこよう。綺麗《きれい》な人を見れば、絶対影響されるだろ。有名人とかバンバン呼ぼう！」

色々と新しいことに手を出そうと話をしていると、天城が困った顔をしていた。

メイドロボットは表情が乏しいのだが、何となく理解できるようになった。

まぁ、四十年以上の付き合いだから、表情くらい読み取れる。

「そうなりますと、やはり借金が問題ですね。発展したことで税収は増えましたが、同時に返済額も増やしています。大きな投資は財政面から許容出来ません」

バンフィールド家には抱える莫大な借金があるために、俺のやりたいことがやれない。

窓の外を眺めていると、宇宙戦艦が空を飛んでいる。

地上から宇宙へと向かっているところだった。

領内で感じられる未来的な光景は、これくらいだろうか？

確かに五歳の頃と違って発展しているが、俺から見ると寂しい光景だ。

思い描いていた世界とは違いすぎる。

「――現実ってつまらないな」

天城は俺の周囲にいくつもの映像を見せてくる。

どうやら、予算内で集められるデザイナーやモデルを探していたようだ。

「呼び出すのが可能なデザイナーやモデルですが、この方たちなら可能かもしれませんね」

映像を見ると、今度は未来的というか、奇抜すぎて受け付けなかった。

何で腰にフラフープを付けて自動で回しているの？

髪型を奇抜に固めているのはいいが、それって邪魔にならない？

え、これが最先端なの？　仮装大会の衣装とかじゃなくて？

――いったい、ファッションって何なんだ？

「思っていたのと違う」

俺が納得しないでいると、天城は次の映像を用意する。

「では、こちらはいかがですか？　帝国で人気のモデルの方たちですよ」

「――何これ？」

映像の中の女性たちは、これまた奇抜なファッションをしていた。

だが、奇抜に見える理由は――体の一部が特に大きいからだ。

胸、お尻――極端に大きいとか小さいとか、とにかく色々だった。

「このサウスという惑星では、女性は胸が大きいほどに良いとされています。そのため、この方たちはサウスでトップモデルの方々です」

モデルをしている女性たちだが、胸が大きい。

いや、大きすぎる!?　性欲がわかないレベルで大きい。

「いや、大きすぎるだろ！　生活に支障が出るレベルだろうが！」

俺は大きな胸が好きだが、それでも生活に支障が出るレベルの巨乳は遠慮する。

いや、もう巨乳という呼び方は相応《ふさわ》しくないな。

そんな俺の反応を見て、天城は淡々とサウスの現状について説明してくる。

「これがサウスの男性にはたまらないそうですよ。女性の魅力は全て胸に詰まっているそうです」

「だから、それ以外は考慮していないのか」

天城が用意したのは、モデルの女性を取り囲む男たちの映像だ。

胸の大きすぎる女性を前に、本当に大盛り上がりしている。

もう、胸さえあれば良いという程の熱気に包まれた会場は、俺には全く理解できなかった。

「続いてはうなじにこだわりのある惑星の――」

「もういいよ！」

俺は星間国家という規模を正しく理解していないようだ。

――世界って広いね。

◇　◆　◇　◆　◇

バンフィールド家の宇宙軍は訓練を行っていた。

司令官は帝国軍からやって来た准将で、今はバンフィールド家内の階級で二階級上の待遇を受けている。

帝国軍では准将でも、バンフィールド家では中将だ。

乗艦は帝国軍時代でも与えられなかったような最新鋭の戦艦である。

多少内装に問題を抱えているが、性能面は素晴らしかった。

「まったく、領主様も気前が良いな」

副官である少佐――バンフィールド家では大佐は、口は悪いが有能な部下だ。

皮肉の多さで上官に嫌われ、バンフィールド家に左遷させられた男だ。

「同感です。帝国軍にいた時よりも待遇が良くて、左遷してくれた上層部には感謝したいくらいですよ。ま、絶対に感謝などしませんけどね」

バンフィールド家は帝国内では田舎に分類される。

しかし、生活をするだけなら、快適なのは間違いない。

確かに大都会ではないが、今まで見てきた辺境と比べれば発展している方だ。

それに、軍人たちの待遇がいい。

ただ待遇がいいだけではなく、組織もしっかりと機能している。

「大佐は口が悪すぎるな。それよりも、艦艇の質、量、そして練度に問題はないな？」

一隻当たりに必要な人員がちゃんと揃《そろ》い、定期的に休暇と訓練も受けられる。

艦隊の練度も十分に維持されていた。

「辺境でくすぶっていた時より充実していますからね。皆、表情が明るくなりました。ただ、少しばかり出撃回数が多いのが問題ですかね」

宇宙海賊たちとの戦闘が増えていた。

領地が発展すると、それを狙って集まる海賊が増えてくる。

彼らを退治するのが、私設軍に与えられた任務の一つだ。

「給料分の仕事の内だよ」

「違いありませんね！――ま、海賊を見逃せという貴族に比べれば、伯爵様は理想の領主ではありますけどね」

「そうだな。あの年齢で名君と呼ばれるだけはある」

時に海賊たちと繋《つな》がる帝国貴族もいて、軍人たちに彼らを見逃すように命令されることもある。

軍人たちからすれば歯がゆい話だが、リアムは絶対にそれをしない。

そのため、私設艦隊からもリアムは高い評価を受けていた。

「まだ成人前でしたよね？　貴族というのは酷《ひど》い連中が多いと思っていましたが、あの方を見ていると元上司が何だったのか首をかしげたくなりますよ」

「本物の貴族というやつだろうな。あの方の下で働ける我々は運が良い」

軍に捨てられたと思えば、活躍できる職場を与える上司に出会えたのだ。

軍人たちはやる気に満ちていた。

◇　◆　◇　◆　◇

異世界のドアが開き、案内人が姿を現した。

この世界に戻ってきた案内人は、リアムの現状を確認すると――虫唾《むしず》が走った。

「こいつ何もしてないじゃないか！」

酒池肉林を目指すのかと思えば、酒にも女にも手を出していなかった。

酒は肉体的な年齢を考慮している。

女は女性不信と、領民に手を出す前に趣味が違うという理由を付けていた。

気が付けば、普通に領主として真面目に仕事をしているだけだった。

領地も活気に満ち、以前よりも発展している。

「ガッカリですね。期待していたのに、裏切られた気分ですよ。悪徳領主を目指しているのに、どうして名君扱いを受けているのか」

あと、前世の感覚が残っているために、小さな贅沢《ぜいたく》でも豪遊している気分になっているのがいただけない。

本人、割と満足しているために心に余裕があった。

その心の余裕が、案内人への感謝の気持ちになっている。

更に忌々しいことに、リアムは領民たちから感謝されている。

感謝を集めているリアムには、通常よりも強い力が――案内人が好む負の感情とは反対の感情が強く増幅されてしまっていた。

リアムの感謝の気持ちが増幅され、それが案内人には気持ち悪かった。

胃もたれ、頭痛、吐き気、目眩《めまい》――我慢できる程度だが、忌々しいことに変わりはない。

別にリアムから感謝されても問題ない。

いずれ、谷底へと叩《たた》き落とす勢いで落ちぶれさせ、地獄を見せてやるつもりだ。

しかし、これではどう考えても案内人が考えている未来にならない。

放置すると、本当に名君としてリアムの人生が終わってしまいそうだった。

「期待外れでしたね。これでは何も起きそうにない」

悪徳領主であるリアムに対して、領民が不満を募らせる。

軍人たちが反乱を企てる。

集めた美女たちが、リアムに殺意を抱く――そんな光景が見たかった。

なのに、慎《つつ》ましく生きているために領民からは名君と思われている。

軍人たちにも「あの領主様のためだったら命をかける」とか思われている。

そもそも、親しい美女がリアムの周りにいないので人間関係をこじらせて、前世の苦痛を思い出させるのも不可能だ。

こいつ、本当に悪徳領主を目指しているのか？　案内人はリアムを疑った。

「せめて最期は、築き上げた領地ごと焼き払ってあげましょう。そうですね――手頃な宇宙海賊たちがいますね」

苛立《いらだ》っている案内人の体から黒い煙が吹き出し、周囲に溶けて消えて行く。

そして冷たい視線と声を、リアムに向けて放つのだ。

「最後くらいは、私を楽しませて欲しいものですね。それまで、ここでゆっくりと見物させてもらいましょうか」

◇　◆　◇　◆　◇

バンフィールド家から遠く離れた惑星。

その惑星に撃ち込まれるミサイルが、次々に大爆発を起こしていた。

焼き払われる大地。

美しい惑星が見るも無惨な状況になるのを、海賊船のブリッジで笑いながら見ている海賊がいた。

三万隻を超える海賊船を率いる男の名前は【ゴアズ】だ。

自らの名前を付けたゴアズ海賊団を率いる、超高額賞金首でもある。

そりあげた頭には傷があり、黒い髭《ひげ》を生やした粗暴そうな男だ。

筋肉が膨れ上がった巨漢のゴアズは、口を大きく開けて笑っていた。

左手には酒瓶を持ち、多くの命が消える瞬間を見ながら酒を飲んでいた。

「この瞬間はいつもたまんねーな、おい！」

笑っているゴアズを恐れる部下の海賊たちだが、一人が意見してしまう。

「団長、ここまでする必要はなかったのでは？」

すると、ゴアズは大きな手を部下の頭の上に置いた。

周囲の海賊たちは目を背ける者もいるが、中には「あいつ馬鹿だな」と呆《あき》れている者もいる。

「誰が俺様に意見しろと言った？　俺の楽しみを邪魔すんじゃない」

「だ、団長、まっ――！」

そのまま握力だけで部下の頭部を握りつぶす。

側《そば》に控えていた部下が、ゴアズの手を綺麗《きれい》に洗浄する。

部下たちが遺体を運びはじめ、掃除に取りかかるとゴアズは海賊船のモニターで自分が滅ぼした惑星を眺める。

綺麗になった右手を置くのは、大事にしている黄金の箱だ。

模様やら紋章が入っているその箱を、いつも肌身離さず持っている。

普段から、特別なホルスターに入れて持ち歩いているほどだ。

右手で何度も優しく、大事そうに撫《な》でていた。

「今回も楽な仕事だったな」

一つの惑星と、そこに生きる多くの命を奪ってこの言葉だ。

この男がいかに極悪人か分かるというものだ。

ゴアズは個人でも懸賞金がかけられており、その額はとんでもない金額だった。

ゴアズと、ゴアズ海賊団を倒せば、一生遊んでも使い切れない金額が手に入る。

それだけ危険視される男だった。

副官である男が、ゴアズを怒らせないように話題を振る。

「今回も大量でしたね。それはそうと、あのお気に入りの女はどうされますか？　代わりを手に入れられましたし、捨てますか？」

ゴアズがニヤリと笑みを浮かべると、黄ばんだ歯が見えた。

「そうだな。随分と遊んだから、そろそろ新しい玩具《おもちゃ》で楽しむとするか。あいつは長く楽しめたな」

副官も下卑た笑みを浮かべて同意する。

「団長の玩具になって、よく自我を保てたものですよ。それより、次はどうします？　どこかで休暇でも楽しみますか？」

ゴアズもそれで良いかと思った直後、何やら黒煙が見えた。

目をこすると見えなくなったので気のせいと思うが――急に閃《ひらめ》いてしまう。

「いや――待て」

「団長？」

「最近噂《うわさ》で聞いたが、この近くに随分と粋がっているガキがいるらしいな。バンフィールドとか言ったか？　名君らしいじゃないか。田舎で頑張っている、ってな」

副官もその噂を思い出し、そしてゴアズの言いたいことを察したようだ。

「最近よく耳にしますね。では、次の獲物はバンフィールドですか？」

ゴアズにとって貴族など恐れることはなかった。

何しろ、ゴアズにはとんでもないお宝があるのだから。

「人が大事に築き上げたものっていうのは、壊し甲斐《がい》があるだろう？　それに、簡単に終わってつまらなかったところだ」

副官が頷《うなず》く。

「では、次の獲物は――バンフィールドということで」

ゴアズが舌なめずりをした。

「粋がったガキを徹底的に痛めつけてやる」

第八話 ➤ 宇宙海賊

もうすぐ五十歳——この世界での成人となる年齢が近付いてきていた。

外見はまだ子供にしか見えないが、一応の区切りだ。

今後は大人の仲間入りだが、ここまで来るのに半世紀もかかってしまったよ。

そんな年齢になった俺は、ここで気が付いてしまった。

「せっかくSFみたいな世界に転生したのに、屋敷でしか生活しないなんて不健全だな」

執務室で仕事の補佐をしている天城《あまぎ》が、淡々と答えてくれるが転生云々《うんぬん》はスルーしている。

天城はスルー力も高いな。

「屋敷内で適度な運動も出来て、安全も確保できているので問題ありません。むしろ、出歩かれては困ります」

以前のナンパの件で怒っているのだろうか？

でも、ナンパに出かけたが、誰にも声をかけなかったけどね。

本当にどうしよう？

俺の目指している悪徳領主は、もっと酒とか飲んで美女を侍《はべ》らせて——他には何をするのだろうか？

酒はなぁ――この体で飲むと罪悪感があるし、そもそもおいしく感じない。

まだ体が子供だから、無理をして体を壊すのは嫌だ。

あと、天城が側にいるのでどうしても女を見る目が厳しくなる。

理想的な美女が近くにいるため、どうしても比べてしまうのだ。

あと、いなくても別に問題ない。

アレ？　無理する必要なくない？

「いや、駄目だ。俺は悪徳領主を目指している。こんなところで諦めていられるか」

「そうですか。しかし、悪徳領主と言われましても困りますね。何をなさりたいのですか？」

「――税金を上げて領民を苦しめるとか？」

悪徳領主と言えば高い税金だろう。

とりあえず、税金を上げて領民たちを苦しめてやりたい。

「一時的に税収は上がりますが、長期的にはマイナスとなりますのでお勧めできません。領内の状況を見て、必要があれば増税を考えましょう。ここで領地経営が悪化した場合、借金の返済計画に支障が出ます」

状況次第では、税金を下げても領民に購買意欲が増し、結果的に税収が増える場合もあるからな。

無理に税金を上げても仕方がない。

いや——違う。そんな経済的な話じゃない。

俺は他者を踏みにじりたい！

奪われる側じゃない。奪う側に回りたい！

「そんな大人の意見は聞きたくない。俺は権力や暴力で奪う側に回りたいんだよ！」

そうだ。俺は奪う側で、領民は奪われる側だ。

税収とか知ったことか！

「よし、領内から美人を探して連れてこよう。ファッションはこの際諦めて、連れてきた後で俺好みに仕上げればいい。何だ、簡単なことじゃないか」

すると、俺の提案を聞いた天城が首をかしげていた。

何だ？　何か問題があるのか？

もしかして怒ったのか？　だ、だが、俺は悪徳領主として諦めないぞ。

「不満そうだな。だが、俺は止めないぞ。領内から美女を集めろ！」

しかし、予想してもいなかった答えが返ってくる。

「旦那様、屋敷内で働いている者たちは、技術職以外は容姿も選考基準です。領内でも選《よ》りすぐった人材たちですよ」

「え？」

「領内から美女を集めたのが、今のお屋敷の状況です。既に集めているのです」

話を聞いて働いている者たちを思い出す。

確かに、屋敷で働いている者たちは美男美女が多かったな、って。

俺の世話をするメイドなんて、思い返せば美人揃《ぞろ》いだった。

天城は困っている俺に言うのだ。

「誰か適当な者を伽《とぎ》の相手をさせましょうか？」

「いや、何か気分じゃない。——あれ？　手を出して良いのか？」

天城の態度に困惑を隠せなかった。

普通は駄目じゃないのか？　え、手を出しても良かったの？

いや、出すつもりだったけど！

天城がいなければ、手を出していたかもしれないけど！

「それも織り込み済みで雇っていますので。男性が良いならそちらも手配できますよ」

「興味ねーよ」

お前、俺が男に興味があると思っていたの？

それより、手を出して良いです、みたいな子たちに手を出してもつまらない。

抵抗があるから楽しいんだろうが！

「なら、領内の芸能人とか連れてこよう！　嫌がる奴《やつ》を屈服させるのが楽しいからな」

俺の提案に天城は冷静に返してくる。

「旦那様、領内の芸能分野はまだ成長しておりません。それに、旦那様が呼びつければ喜ぶ者も多いでしょう。領内では、これ以上はいない最高のパトロンですからね。もしくは、領外から連れてきますか？　それでも、喜ぶ者も多いと思いますよ」

外——他領から、という意味だろうか？

「俺は俺の領内で王様気分を味わいたいんだ！　余所《よそ》から来たら、それは余所の人だろうが！　どこかに逃げ込んで、俺が悪さをしているのがバレたら面倒だから、今はしない！」

まだ十分な力がない状態で、他領と揉《も》め事《ごと》を起こしたくないので却下だ。

もっと力を付けてから手を出そうと思う。

悪徳領主は悪知恵も回らないと駄目だからな。

「ご安心ください。旦那様はバンフィールド家の支配者。実際に一つの惑星の王ですよ」

いや、そうだけど！　そうじゃないんだ！

くそ——こんなにも悪徳領主になるのは難しいのか。

「俺の計画がまったく進まない。どうしたらいいんだ？　酒池肉林で、美女を侍らせて悪行三昧の俺の計画はどうして進まない！」

天城が根本的な問題を思い出させてきた。

「そもそも借金がありますからね。贅沢《ぜいたく》をしようにもどうしても制限がつきますよ」

——そう、借金だ。いくら領内が発展しても、借金があるために好き勝手に出来ない。

無視すると面倒になるので返済しないといけない。

何というか——これ以上、返済が遅れると取り立てる側も本気になる。

借金があるのに俺が豪遊しすぎれば、腹を立てて取り立てに来るだろう。

──前世の恐怖が思い起こされる。

「くそ──借金を簡単に返済する方法はないものか」

「こればかりは仕方がありません。地道に返済していきましょう。こちらが誠意を見せれば、相手も無理な取り立てはしないでしょうから」

すると、ブライアンから緊急の通信が入った。

「部屋に来れば良いのに、通信なんて何を考えているんだ？」

通話を許可すると、空中に映像が浮かび上がった。

『リアム様、大変です！　か、かかか──海賊たちがバンフィールド家に対して宣戦布告してまいりました！』

──海賊なのに律儀すぎないか？

「天城、海賊が宣戦布告だってよ。律儀だよな」

「悪徳領主を目指しているのに、借金を真面目に返済する旦那様も律儀だと思うのですが？」

「いや、俺の借金は信用問題に関わってくるから、仕方なく支払っているだけだぞ」

「そうですか。ですが、今はそれよりも海賊たちです。宣戦布告してくるなど、余程の馬鹿か──あるいは、その逆しかありません」

その逆──余程自信があるのか、か。

◇　◆　◇　◆　◇

領内には政庁がある。

屋敷とは違い、高層ビルだ。

周囲の建物が小さく見えるほど立派なのは、俺の威信を示すため。

ただの見栄《みえ》だ。

ここは領内を管理するための役人たちが働いており、俺も時々顔を出す。

でも、俺は偉いので、問題があれば部下を屋敷の方に出向かせる。

というか、基本的に通信でのやり取りが主だったので、政庁に来たのは久しぶりだ。

無理して大きく造らせなくても良かったな。

そんな政庁の会議室には主立った面子《メンツ》が集まり、海賊からの宣戦布告と要求について話し合いがされていた。

スーツ姿の役人が、緊張した様子で内容の確認をしている。

「海賊たちの要求は、全ての財と人質を差し出すようにとのことです。人質は容姿に優れた美男美女に限定する、とのことです」

要求された貴金属類のリストを見るが、こちらが出せない量を指定してきた。

人質の方は美男美女限定――苛々《いらいら》してくる。

どうして俺がこいつらに、俺の所有物を渡さなければならないのか？

「領主様、ここは海賊たちと交渉して穏便に済ませるべきではないでしょうか？」

そんな役人たちの弱腰の対応に、会議に参加していた軍人たちが怒気を放っていた。

海賊たちに譲歩するのが許せないのだろう。

「相手はゴアズだ！　超高額の賞金首だぞ！」

極悪人らしく、超高額の懸賞金がかけられている。

海賊団ごと倒せば、とんでもない金額が手に入る。

それにしても、高額な懸賞金がかけられるとは、ゴアズはいったい何をやったんだ？

興奮する軍人たちを前に、役人たちが冷めた目を向けていた。

「勝てるのですか？　バンフィールド家の保有する戦力はどんなにかき集めても八千。対して、ゴアズ率いる海賊たちは三万隻ですよ！」

「練度と装備の質もある！　数だけが全てではない。それに、何もせずに降伏したところであいつらが見逃すものか」

「そう言って、自分たちだけ逃げるつもりではないのか？　戦艦に乗り込めば、後は逃げるだけだからな」

「我々を侮辱するのか！」

役人と軍人たちの言い争いが激しくなってくる中、俺はゴアズの懸賞金を見ていた。

領主である俺からすればたいした金額でもない。

無視できない金額でもないが、一気に金持ちになれるほどでもない。

本当に微妙だ。

「はぁ、こいつがもっと高額ならやる気が出るのにさ」

俺の呟《つぶや》きなど誰も聞いていない。

軍人と役人たちが言い争いを続けていた。

——そんな時だ。

物音一つ聞こえなくなり、顔を上げると周囲の光景がおかしかった。

役人と軍人たちが激しく言い合っていたのに、今はピクリとも動かない。

まるで時間が止まったようだ。

「——止まっている？」

もしかしてドッキリかと思ったが、俺相手にそんなことをする馬鹿もいないだろう。

やったら確実に殺すけどな。

俺を馬鹿にする奴は絶対に許さない——そう思っていると、懐かしい声がする。

「どうも」

「お前は！」

「少々お時間をいただきました。時を止めるなんて結構疲れるのですけどね。それはそうと、お久しぶりですね、リアムさん」

転生前と変わらない姿の案内人の登場に、懐かしさがこみ上げてくる。

ただ、同時に聞きたいことがあったので問い詰める。

「久しぶりだな。それより、どういうことだ？　海賊が攻めてきたぞ」

俺を幸福にするのではなかったのか？

そういう意味を込めた聞き方をすれば、案内人は口角が上げて笑みを浮かべていた。

「誤解です。これはリアムさんへのプレゼントですよ」

「プレゼント？」

「はい。こちらの世界ではそろそろ成人されるのでしょう？　その前に、貴族として立派な箔《はく》を付けて差し上げたかったのです。それから、この領地には借金がありますよね？」

間違っていないが、腹立たしいので意地の悪い返事をした。

「おかげで好き勝手に出来なくて残念だよ。もう少し裕福な家を用意して欲しかったけどな。どうしてこんな領地を選んだ？」

お前のせいで苦労した、という態度を出すと案内人が申し訳なさそうにする。

「それについては謝罪させてください。なので、莫大《ばくだい》な財宝を所持している海賊たちをこの領地に招き入れました。倒せば財宝は全てリアムさんの物ですよ」

「財宝？」

案内人は手を揉みながら俺に近付いてくる。

「はい。倒せば、リアムさんが手に入れるのは名誉、そして莫大な財宝です。海賊のトップがとんでもないお宝を持っていましてね。それをプレゼントするために送り込みました」

「――へぇ。そいつは楽しみだな」

色々と察して笑みが浮かぶと、案内人も不気味に笑っていた。

「ご理解いただけて何より。今のリアムさんなら、海賊たちなど敵ではありませんよ。さて、アフターサービスも終わりましたので、私はこれで失礼しますね」

シルクハットのつばを小さく持ち上げてから、深くかぶり直すと案内人の後ろにドアが出現した。

相変わらず口元以外が見えない。

俺にお辞儀をして去ろうとするので――。

「わざわざすまないな。――ありがとう」

お礼を言うと、案内人の口元から表情が消えた気がしたが、すぐに笑みを浮かべていた。

「これも仕事ですので」

――案内人がドアを閉めると、そのまま消えてしまう。

直後、騒がしい言い合いが再開された。

止まっていた時間が動き出すと、俺の報酬になる海賊相手に怯《おび》えるこいつらが滑稽に見えてくる。

ゆっくりと立ち上がると、会議室にいる全員の視線が集まる。

「丁度良いから俺の初陣を済ませようじゃないか。お前ら、準備をしろ。ゴアズは俺が潰してやる」

俺の方針に役人たちばかりか、軍人たちも焦りはじめる。

先程まで言い争いをしていたのに、今は互いに顔を見合わせて何か相談していた。

俺が出撃するなど考えてもいなかったのだろう。

「領主様、無茶です。あいつらは名のある海賊たち。海賊に身を落とした騎士も数多く囲っているはず。対して、バンフィールド家の騎士など一人もいません。戦力はあちらの方が上なのです」

譜代の家臣はいないし、仕官してくる騎士もいない。

騎士たちにすれば、バンフィールド家は仕えるに値しない家なのだろう。

それでも問題ない。

案内人が段取りを付けてくれたなら、負けるはずがないのだ。

「それがどうした？　いいか、俺がやると言ったんだ。お前らは準備をすればいい。これは俺の命令だ。お前らに許されるのは、黙って従うことだけだ」

軍人たちはまだ不満そうにしているが、役人たちは俺がかつて役人を大量に粛清したことを思い出したのか黙り込んでしまった。

そうだ、黙って俺に従えばいい。

俺に従っている間は大事に使ってやる。

そうでなければ殺すだけだ。

「かき集められるだけ戦力をかき集めろ。アヴィドも出すぞ」

軍人――帝国軍から引き抜いた司令官が俺に反対する。

「出撃されるおつもりか？　無茶です。それに、ここは帝国からの援軍を待つべきです。リアム様には、本星で待機していただき――」

「援軍を待つ？　間に合うのか？」

帝国に援軍を要請しているが、軍をまとめて辺境惑星に来るまでには時間がかかる。

とても間に合わないだろう。

「――難しいと判断しますが、勝てる見込みがあるとすれば援軍が来るまで耐えきるだけかと」

そんな援軍頼みの作戦など拒否だ。

帝国軍が来たら、俺の取り分が減る。

「間に合うか分からない連中を待つ趣味はない。放置すれば蹂躙《じゅうりん》される。それなら、俺は出撃を選ぶ。いいからお前らは命令に従え。これから楽しい海賊狩りだ。それに、初陣もすませておきたかったから丁度良いだろ」

勝つと分かっている勝負は楽しいな。

いや、これは勝負ではなく――一方的な狩りだ。

俺のために、名誉と莫大な財宝を運んできてくれた海賊たちだ。

丁寧にお出迎えをしてやるよ。

「――出撃だ」

◇　◆　◇　◆　◇

屋敷ではブライアンが落ち着かない様子だった。

天城《あまぎ》が報告してくる。

「アヴィドは無事に宇宙港へと届いたそうです。そのまま、旦那様が乗艦される戦艦へと積み込まれる予定です」

ブライアンが頭を抱えうずくまり、バンフィールド家に訪れた不幸を嘆いている。

リアムという名君が現れ、これからという時に名のある海賊団が攻め込んできた。

「何という不運。ようやく領地が昔の活気を取り戻したというのに、なぜよりにもよって凶悪な宇宙海賊が攻め込んでくるのですか」

天城は動じた様子を見せないが、リアムのみを案じているようだ。

「まだ負けたわけではありません。そして、旦那様の判断も間違いではありません。攻め込んできた海賊団のこれまでの情報をまとめると、降伏は無意味です。それから、帝国から正規軍を派遣すると連絡がありました」

ブライアンが首を横に振る。正規軍が来ると聞いても、安心など出来なかった。

「間に合いません。数を揃《そろ》えて助けに来る頃には、結果が出ているはずです」

危険な海賊団が帝国領内に侵入してきた場合、領主たちは帝国に助けを求める。

だが、辺境ともなると帝国軍の救援には時間がかかる。

即座に味方が来る、などということはない。

ブライアンは、手遅れであると気がついていた。

このままでは、海賊たちが領内を好き放題に荒らし、逃げ去った後に帝国軍がやって来る未来を想像して嘆く。

「ようやく——ようやく、バンフィールド家が立ち直ろうとしていたのに。リアム様が、あと百年早く生まれてくだされば、賊共など返り討ちにしたでしょうに」

リアムに期待していたブライアンは、海賊たちの襲来に悔しがる。

リアムに時間さえあれば、海賊たちなどに負けはしなかった、と。

◇　◆　◇　◆　◇

バンフィールド家の宇宙港近く。

集結するバンフィールド家の艦隊を見ているのは、案内人だった。

宇宙港の外壁の上に立ち、大慌てで迎え撃つための準備をしているリアムたちを見て笑っていた。

「プレゼントは気に入ってもらえたようですね。さて、私としては海賊たちに捕まり玩具《おもちゃ》になってくれると最高なのですけどね」

案内人はリアムに言わなかった。

ゴアズ海賊団が保有する戦力が、並大抵の海賊団とは違うということを。

それはゴアズが大事に所有している箱に秘密がある。

アレがゴアズの資金源——強さの秘密だ。

豊富な資金で、ゴアズは戦力を整えていた。

練度はともかく、装備の質は並の海賊団とは比べものにならない。

そもそも、正規軍並の装備を揃えている。

その情報を一切教えてやらなかった。

「私を信じる貴方《あなた》が悪いんですよ。前世の教訓を何一つ活《い》かせていませんね。やはり、貴方は愚か者。人の玩具になるしかない存在ですよ」

この勝負、数が多い海賊たちの方が圧倒的に有利だった。

リアムが勝利する可能性は、限りなく低い。

案内人が忌々しそうに歯を食いしばり、リアムとの会話を思い出す。

「私にお礼を言うなんて——後でどんな顔をするか楽しみですね。直に感謝は憎しみに変わり、笑顔は憎悪で醜く歪《ゆが》む。きっと私を満足させてくれることでしょう」

リアムの転落する人生を待ち望む案内人。

その後ろでは、案内人を見張っていた小さな光が離れていく。

向かう先は、戦艦に積み込まれているアヴィドだ。

案内人に気付かれないように、小さな光はアヴィドへと入り込む。

何も知らない案内人は両手を広げていた。

「どのような結果になるのか楽しみですね。さぁ、リアムさん、待ちに待った真実を知る時ですよ。私を楽しませてください！」

どうして自分がリアムをこの世界に転生させたのか。

どうして前世が不幸だったのか。

全てを教える時が、待ち遠しくてたまらない案内人だった。

かき集められた艦艇の数は約五千隻だった。

全体で八千隻という戦力を保有していても、整備中やら時間の都合で集めきれなかったのだ。

時間をかければ六千でも七千でも集まるだろうが、ノンビリもしていられないので出撃することにした。

宇宙戦艦のブリッジで、俺は特別に用意された椅子にふんぞり返って座っている。

ブリッジは広く、百人を超える人間が忙しく働いていた。

俺が乗り込んでいるのは旗艦だ。

五千隻という味方を指揮する高性能な戦艦である。

司令官やら参謀やら、通常の戦艦と比べても人が多く配置されている。

そんな働いている連中を座っている俺が急《せ》かしてやる。

「出発はまだか？」

軍人たちはピリピリとした雰囲気を出しているが、貴族である俺に対しては下手に出る。

これが帝国の当たり前の光景だ。

そこには絶対的な身分制度があり、皆は俺に逆らえない。

実に気分が良い。

忙しく下の者が働いているのを、トップである俺が優雅に見る。

これこそが貴族だな。

ま、俺が逆の立場なら絶対に腹を立てるけどね。自分が働いているのに、ノンビリしている上司を見たら殺意がわいてくる。

「もうしばらくお待ちください。それよりも領主様。——本当によろしいのですか？」

確認を取ってくる司令官に対して、俺は「くどい」と言って話を切り上げた。

こんなの消化試合である。

確かに相手は大海賊団だが、俺からすればボーナスステージだ。

勝って当たり前なのだ。

俺は一人ニヤニヤしていた。

海賊たちが持っている財宝が楽しみで仕方がない。

「聞いた話によれば、奴《やつ》らは財宝を貯《た》め込んでいるらしいな？」

俺の急な話に、軍人たちが顔を見合わせている。

「そ、そのようですね。派手に暴れ回っていますから、ゴアズ海賊団は相当な財貨を所持していると思われます」

「今から楽しみだな。使い道を考えておこう」

笑っている俺を見て周囲は呆《あき》れていた。

こいつら、相手の数を前に腰が引けている。

俺の私設軍は大丈夫なのだろうか？

◇　◆　◇　◆　◇

緊張したブリッジ内で、リアムだけが笑みを浮かべていた。

領主様の専用の椅子に座り、優雅に飲み物など飲んでいる。

まったく緊張感のない姿に、周囲もどのような反応をすればいいのか分からなかった。

皮肉屋の大佐がその姿を見て、小声で司令官と話をする。

「初陣の割には落ち着いていますね」

司令官もリアムの姿を見て、判断に困っていた。

「虚勢のようには見えないな」

皮肉屋の大佐も同様だ。

「内政手腕は高いと評判でしたが、戦争の方はどうですかね？　出来れば口出しは控えて欲しいものです」

「そうだな」

軍人たちからすれば驚きだ。

領主自ら最前線に立つなど滅多にない。

普通は後方で安全を確保するか、もしくは領地を見捨てて逃げ出している。

そんな貴族が多い中、リアムは成人前にかかわらず最前線に出ると言い出した。

「貴族の気概というのかな？　その気持ちは評価するさ」

司令官がそう言うと、大佐も頷《うなず》く。ただ――軍人たちからすれば、本当ならリアムには逃げて生き延びて欲しかった。

それでも、義務を果たそうする姿に勇気をもらえる。

「領主様が前線にいるおかげで、味方も少し落ち着いていますからね。出来れば、このまま座っていて欲しいものです」

軍人たちからすれば、トップが逃げ出さず、自分たちと一緒に戦っているように見えていた。

これぞ貴族の正しい姿と、感動している軍人までいる。

それだけではなく、戦場にリアムがいるということは、捨て石にされないという証明でもある。

貴族が逃げ出すために、軍隊が捨て石にされることなど帝国では珍しくもなかった。

そのため、バンフィールド家の私設軍は思ったよりも士気が高くまとまっている。

自分たちの六倍もある敵を前にして、戦意を維持しているのだ。

司令官が帽子をかぶり直し、気合を入れる。

「――さて、我々も情けない姿は見せられないな」

「そうですね」

◇　◆　◇　◆　◇

ゴアズ海賊団。

一際大きな海賊船がゴアズの乗艦だ。

滅ぼした国で使われていた宇宙戦艦で、気に入っていたので使用している。

改造を施し、元の面影はほとんど残っていない。

ブリッジで報告を受けたゴアズは、額に手を当てて笑っていた。

「出てくる？　おいおい、ガキが一丁前に戦うってよ」

周囲の海賊たちも、ゴアズのご機嫌を取るために笑いだす。

今まで負け知らずのゴアズ海賊団だ。

数も少なく、騎士もいない辺境の伯爵家など敵ではない。

リアムの行動は、自殺行為にしか見えなかった。

「心意気だけは認めてやるか。おい、生け捕りにしたら報酬は倍にすると全員に伝えろ。今度はそのガキを玩具に遊んでやる」

それを聞いた副官が、ゴアズの言う〝遊び〟の内容を知りながら笑っていた。

「団長も好きですね」

リアムの反応が面白かったのか、ゴアズは上機嫌だった。

「たまにはこういう粋がったガキの相手も面白いな。終わったら、守りを失った領民をいたぶって遊んでやるか」

ゴアズはどこまでも外道だった。

百年近くも、こうして数え切れない程の命を弄んできた。

それが出来たのも手に入れた黄金の箱――【錬金箱】のおかげだ。

百年前はごろつきでしかなかったゴアズを、大海賊団を率いるまでに成り上がらせたお宝だ。

錬金箱――それは、ゴミから黄金を作り出せる夢のような道具である。

かつて存在した古代技術で作られており、その製造方法は既に失われている。

同じ物を二度と作り出すことは出来ないと言われた代物だ。

黄金以外にも、ミスリルだろうがアダマンタイトだろうが変換する。

その辺の石ころだろうと、錬金箱にかかれば希少金属に変換できるのだ。

これが、ゴアズの持つお宝だった。

「さて、何も知らない小僧に、本物の戦争を教えてやるとするか」

海賊たちは既に勝利したつもりでいた。

それもそのはずだ。

戦力差は六倍である。

下手に策を練らなくても、正面からぶつかりさえすれば勝てるのだから。

◇　◆　◇　◆　◇

海賊たちと向かい合ったのは、領地を出てから数日後のことだった。

司令官が指示を出しているのを椅子に座りながら聞いているのだが、眠くて仕方がなかった。

俺が座っている椅子は高性能だ。

座っていても腰が痛くならないし、快適すぎて眠くなってしまう。

このまま眠っても快適だから、途中何度も眠っていた。

今も気を抜けば眠ってしまいそうだった。

それというのも、戦闘が悪い。

遭遇して相手の位置も分かっているのに、そこからの動きが地味過ぎる。

出会ってから数日も過ぎているのに、戦闘が起きないのだ。

遭遇後に数日間も時間をかけて何をしているのかと言えば、互いに向きを整えるとか陣形を変えるとか色々だ。

餅は餅屋。軍人たちに任せて、俺は見ているだけ。

ただ、口を出さずに見ているが、戦いが始まりそうにもない。

こちらの数が少ないため、苦戦をしている雰囲気は何となく察している。

ただ、静かすぎる。戦いはいつになったら始まるのだろうか？

俺は近くにいた軍人に説明を求めた。

「いつになったら始まる？」

「領主様、もう始まっております。この規模の戦闘ですと、無闇にぶつかることが出来ません。ただ、敵側の数が多いため、こちらが苦戦中です」

まだ始まってもいないのに、苦戦しているらしい。

何それ？

「敵が見えないな」

「宇宙では、敵が見える距離は至近距離と同じですよ」

「そういえば、習った気がする」

教育カプセルで勉強した気はするが、まともな軍人としての教育は受けていないので忘れていた。

それにしても、俺の側《そば》にいる軍人は、下手に媚《こ》びてこない奴だった。

媚びてきても良いが、正直に話しているのも評価はしよう。

俺のために働いているのだから、そこは認めてやる。

互いに位置取りをしつつ、距離を詰めるとかタイミングを計っているらしい。

レーダーとか、計器類を確認して戦う戦争だ。

それにしても睨《にら》み合いだけでいったい何日使うのか。

司令官が呟《つぶや》いていた。

「あの規模になれば、参謀がいてもおかしくないか」

周囲も同様のことを話している。

「軍人崩れも多いと聞きます」

「この数の差です。無能でなければ、それだけで厄介ですね」

海賊にしてはしっかりしているらしく、皆が気を抜かずにいる。

隣にいる軍人との話に戻る。

「戦場はいつもこんな感じか？」

「一般的ではありません。司令たちも、どのタイミングで仕掛けるか悩んでおられます」

互いにじりじりと距離を詰め、陣形を変え――。

目視の距離にはいないが、互いが存在確認している。

立体映像で簡略化され映し出された戦場では、数の多い敵がこちらを呑《の》み込もうとしていた。

「いつまで待てばいい？」

もう突撃させようかと考えていると、オペレーターの大声に眠気が吹き飛ぶ。

「通信障害発生！　発生位置は――艦隊の真上！　敵、艦隊の直上から来ます！　数、五百！」

通信にノイズが発生したかと思えば、今度は艦隊の直上――真上から五百隻程度の海賊たちが突撃してきたようだ。

司令官が落ち着いて命令を出す。

「迎撃用意！　敵本隊からも目を離すな！」

素早く動く俺の艦隊が、突撃してきた海賊たちを迎撃するため船首を真上に向けた。

司令官が苦々しい表情をしている。

「先にしかけてきたか」

隣の軍人に解説をさせることにした。

「戦力の分散って駄目じゃないのか？　何故《なぜ》、敵はたったの五百隻で攻め込んできた？」

「こちらの隊列を崩すための行動です。いくら素早く迎撃しようとも、こちらに隙が出来てしまいますからね」

「敵も最初から全力で突撃してくれれば良いだろうに」

文句を言うと、突撃してきた敵を見て気が付いたのか軍人がやるせない表情になる。

「領主様、アレは海賊ではありません。――海賊たちに投降した者たちです。他国の軍人たちです。彼らを捨て駒に使ったのです」

帝国軍ではないようだから、他の星間国家の艦艇だろう。

そいつらが突撃してきている。

「降伏した連中に突撃させたのか。それにしても、通信障害が起こせるなら、最初からすればいいだろうに」

「それでは、自分たちの通信にも問題が出ます。ここぞという時に行うものと思っていただければ」

通信が出来ないと、命令も出せない、か――凄《すご》く面倒だな。

突撃してきた連中が攻撃を仕掛けてくると、こちらも迎撃するために撃ち返す。

ビームとかレーザーとか、とにかく色々と撃ち合っていた。

暗い宇宙に閃光《せんこう》が走り、少しだけ綺麗《きれい》に見える。

宇宙で爆発が起きるとか――ファンタジー世界って凄いな。

◇　◆　◇　◆　◇

ゴアズはブリッジで敵に拍手を送っていた。

「小僧もやるじゃないか。いや、部下が優秀なのかな？」

五百隻の味方が見事に撃退されてしまったが、そんなことはゴアズにはどうでも良かった。

何しろ、送り出したのは投降してきた者たちだから、失っても痛くも痒《かゆ》くもない。

それに、未《いま》だに圧倒的に優勢で、五百隻を失ったくらいでは勝敗は変わらない。

副官も余裕のある表情をしている。

「団長、敵は混乱しているはずです。攻め時ですね」

バンフィールド家の艦隊が乱れた。通信障害もあって混乱しているはず――そう判断した副官の言葉にゴアズが頷《うなず》く。

捨て駒である五百隻が戦っている間に、距離を詰めた海賊たち。

ゴアズは勇ましい声をブリッジに響かせる。

「野郎共、突撃だ！　混乱している連中に海賊の流儀を教えてやれ！」

ゴアズの命令により、一斉に突撃する海賊船。

隊列は乱れているが気にしなかった。

敵は混乱しており、突撃するだけで簡単に倒せる。

そこで、バンフィールド家の艦隊が動いた。

陣形を崩さないように、後退していた。

船首はこちらに向けており、バックするように後方へと下がっていく。

「逃げ腰だな。そこは攻め込んで――ん？」

しかし、襲いかかろうとした海賊たちを待ち構えていたのは、トラップ――機雷だった。

先頭を進んでいた海賊船数十隻が爆発に巻き込まれ、そのままバラバラに吹き飛んでいた。後続も巻き込まれ、少なくない被害が出ている。

「小賢《こざか》しい真似《まね》をしやがる」

互いに睨み合っている時か、後退中にでもばらまいたのだろう。

だが、それでも全体で見れば被害は少ない。

副官も動じず、バンフィールド家の艦隊を評価していた。

「思ったよりもやりますね」

バンフィールド家の抵抗を前に、ゴアズは面白がっている。

「これくらい楽しませてくれる方がいいな。多少の損害なんか――」

直後、敵から前衛が攻撃を受け爆発していく。

「――あん？」

ゴアズが片眉を持ち上げ、何が起こっているのかと副官の顔を見た。

だが、副官は多少焦るも、すぐに返答する。

「どうやら、随分と練度の高い艦隊ですね。装備の質も悪くない」

ゴアズが舌打ちをする。

敵の様子は通信障害で把握できなかったが、どうやら質も練度も思っていたよりも高いらしい。味方の前衛が逆に食われている。

「やるじゃねーか。だが、それがどうした。この数の差を、その程度で埋められると思ったか！」

相手の方が練度は高くとも、数が違い過ぎる。

いくら味方が撃墜されようとも、その後ろから海賊船が姿を見せてバンフィールド家の艦隊に攻撃を仕掛けていく。

互いの前衛部隊が激しく撃ち合い、双方に被害が出ていた。

しかし、ゴアズの乗艦に攻撃は届かない。

防御シールド――戦艦を守るエネルギーシールドを展開し、更には防御に特化した護衛艦たちが周囲を守っているからだ。

敵の攻撃など恐れるに足りない。

「どんどん押せ！　数はこちらが有利だ。数で押せ！」

多少抵抗が激しいだけ――ゴアズの認識はその程度のものだった。

実際、バンフィールド家の艦隊との距離は縮まっている。

副官が敵の動きを予想していた。

「普通の貴族の私兵艦隊なら、ここで逃げ出してもおかしくないのですけどね。逃げ出す艦艇が出てくると楽なのですが」

一隻が逃げ出せば、そのまま次々に逃げて陣形が維持できなくなる。

逃げる敵を追いかける方が楽なので、副官はそちらを希望していた。

「逃げない分だけ張り合いがある。お望み通りに徹底的に叩《たた》いてやれ」

「了解です、団長」

練度の低い貴族の艦隊は、不利になると逃げる艦も出てくる。

単純に練度不足や、忠誠心の低さが原因だ。

バンフィールド家は、まとまって戦っているので粘っているように見えていた。

それだけと思っていた海賊たちは、無闇に突撃を繰り返している。

「すぐに逃げ出すだろうな」

ゴアズがそう言うと、バンフィールド家の艦隊に動きがあった。

それを見て、副官もようやく勝負がついたと思ったのだろう。

「団長、勝負がつきましたね」

「ま、この程度だな」

ようやくバンフィールド家の陣形が崩れたと思い、二人とも戦闘が終わったので次は狩りの時間だと考えていた。

しかし、様子がおかしい。

◇　◆　◇　◆　◇

――いつまでダラダラ戦っているのだろうか？

苛《いら》ついた俺は、席を立って司令官を呼びつける。

忙しそうにしているが、そんなのは無視だ。

「おい、いつまで逃げるつもりだ？」

「領主様、現状ではこれが我々の最善です。勝つためには、正規軍の到着を待つため出来るだけ海賊たちとの戦闘を長引かせる必要が――」

そんな戦いを続けるつもりだったのか？

任せたのが間違いだった。

「正規軍が来るまで待つ？　誰がそんな命令を出した。俺はここで、俺だけの力で勝つに決まっているだろうが。正規軍が来る前に勝負を決める」

「し、しかし！」

そもそも、敵の数が多いというのが問題だ。

「敵の方が数は多い。もし、奴《やっ》らが別働隊を俺の惑星に送ったらどうなる？」

「そ、それは――防衛部隊では守り切れない可能性があります。ですから、ここで我々が奴らの足止めをするのです」

「ふざけるな！　俺の領地にあいつらを入れろと言うのか！」

領地なんてどうでもいいが、あそこには天城《あまぎ》がいる。――まぁ、ブライアンもいる。

俺が勝利したところで、領内が荒らされ天城たちが死んだら何の意味もない。

領地や領民がどうなっても――いや、駄目だな。せっかくあそこまで発展させたのに、他人に滅茶苦茶《めちゃくちゃ》にされるとか憤慨ものだ。

「奴らはここで叩き潰す。必ずここで潰せ！　俺の惑星に一歩でも足を踏み入れさせるなんて、絶対に許されないんだよ」

「で、ですが、領主様の命が――」

確かに俺の命は尊いが、海賊相手に逃げ回っても仕方がない。

もし、格上の相手と戦うなら、俺は徹底的に嫌がらせを行う。

相手は海賊だ。平気で汚い手を打ってくるはずだ。

そんな奴らに時間を与えたくない。

「口答えをするな。――さて、俺も初陣のために専用機を持ち込んだ。戦場に出るためには、敵に近付かないといけないよな？」

周囲が俺を見る目は、ガキが口出しするなと言う厳しいものだった。

だが、そんなことは関係ない。それに、正規軍を介入させると、お宝を奪われてしまう。

ゴアズは俺の獲物だ！　誰にも渡さない！

「全軍突撃」

俺の命令に司令官が目を見開いて驚く。

「なっ!?」

「聞こえなかったのか？　全軍で突撃だ。さっさと実行しろ。いいか、これは命令だ。それから、俺はアヴィドで出撃する。敵に近付いたら教えろよ。機動騎士も全部出すぞ」

ブリッジにいるのにも飽きたので、アヴィドのある格納庫へと向かうことにした。

まったく、時間稼ぎをするならもっと早く言えよ。

時間を無駄にしたじゃないか。

◇　◆　◇　◆　◇

海賊船のブリッジ。

ゴアズと副官がバンフィールド家の艦隊を前に、焦りを見せていた。

二人が異変に気が付いたのは、いつまでも激しい撃ち合いが終わらないことだ。

普段なら敵の攻撃が弱まってくるのに、一向にその気配がない。

ゴアズが椅子から立ち上がった。

「――何だ？」

モニターに見える光景は、最大望遠で敵の艦隊をとらえた光景だった。

見えるのは陣形を維持して――逃げずに戦う敵だった。

ただ、その様子から戦意を喪失しているようには見えない。

副官も敵の行動に驚く。

「後退しない？　いや、むしろ密集して前に出て――この距離は！」

驚いている副官に向かって、ゴアズが叫んだ。

「機動騎士を出せ！　用心棒も全員だ！」

その距離は、人型兵器を出して戦闘する距離にまで縮まっていた。

おまけに敵は既に機動騎士を出撃させており、前衛の集団に襲いかかっている。

「少しは骨がある小僧だ。必ず捕まえて玩具《おもちゃ》にしてやるよ」

ゴアズがはじめてリアムに苛立《いらだ》ち、敵と認識するのだった。

◇　◆　◇　◆　◇

ブリッジでは司令官の近くにいた艦長が次々に指示を出していた。

参謀たちも戦況を確認しては、慌ただしく指示を出している。

一人の軍人――リアムの相手をしていた男は、誰も座っていない椅子に視線を向けた。

「本当に出撃するとは思いませんでしたよ」

周囲の軍人たちも困惑していた。

リアムの相手をするために旗艦に配属されたが、そのリアムが機動騎士に乗って出撃すると言い出したのだ。

司令官に突撃しろと命令を出し、今は戦場にいる。

そのため、司令官も参謀たちも大忙しだ。

「機動騎士をとにかく前に出せ！　領主様を討ち取らせるな！」

「護衛機を振り切って突撃しています！」

「何をしている！　何としてもお守りしろ！」

突撃してしまったリアムのために、ブリッジは大慌てだったのだ。

軍人は巨大なモニターを見上げ、そこに映し出されるアヴィドを見ていた。

「これが騎士か」

軍人とも違う、騎士という特別な存在。

幼い頃から肉体強化や教育を受けた存在であり、一般兵では相手にならない。

普通に戦うなら、一般兵では囲んで叩くしかない程に能力差がある。

一般の兵士が乗る機動騎士と、騎士が乗り込む機動騎士は同じ性能でも動きがまるで違う。

――バンフィールド家に騎士はいない。

騎士と同等の能力を持つのは、リアムだけだった。

モニターに映し出されるリアムの乗り込んだアヴィドは、右手にバズーカを持ち、左手にレーザーブレードを持って暴れ回っていた。

近付いた海賊の機動騎士をブレードで斬り裂くと、バズーカで海賊船を撃破する。

撃ち尽くしたバズーカを放り投げると、右手近くに出現した魔法陣にアヴィドが手を入れて新しい武器を取り出していた。

空間魔法で、大量の武器を保管している。

高級機であるアヴィドならではの戦い方であり、他の量産機では真似《まね》できない。

圧倒的な力を見せつけ、縦横無尽に活躍している。

通信状態が悪く、ノイズ混じりのリアムの声が聞こえてくる。

『アハハハ、俺を止めてみろ！』

躊躇《ちゅうちょ》なく敵を撃破し、海賊船を撃沈させていくリアムを見て軍人は頬を伝った汗を拭う。

「強すぎる。これが騎士か」

成人式を済ませていないリアムは、この世界の認識ではまだ子供でしかない。

そんな子供が嬉々《きき》として海賊たちと戦っている。

すると、指示を出し終えた司令官が軍人の近くに来た。

「怖いか？」

「し、司令。いえ、自分は！」

背筋を伸ばした軍人に、司令官は「気にするな」と言って自分の椅子に座るのだった。

戦場を見ながらも、時折モニターに映し出されるアヴィドの姿を見ていた。

「――あの方は、貴族に生まれなければ普通の子でいられたのだろうか？　本当に不憫《ふびん》だな」

モニターの向こうでは、リアムが高笑いをしながら敵を屠《ほふ》っている。

その姿に思うところもあるが、敵を倒す勇ましい姿に味方の士気は向上していた。

ただ、司令官だけはリアムを悲しそうに見ている。

「不憫、ですか？　あんなに強いのに？」

司令官が頷《うなず》くと、リアムの過去を話すのだ。

「幼い頃に両親に捨てられ、押しつけられたのは辺境にある疲弊した領地だ。それをどうにか発展させ、今はこうして海賊と戦っている。まったく、どうすればこんな子が育つのか私も知りたいよ」

幼子が絶望的な領地を復興させただけでも奇跡だが、今は騎士として前線に立ち海賊たちと戦っている。

それも、圧倒的な強さを見せて、だ。

司令官が「私の子供たちにも領主様を見習って欲しいものだ」と呟《つぶや》いていた。

リアムの領地に押し込められた元帝国軍の軍人たち。

彼らは――融通が利かない頑固者が多かった。

真面目すぎて左遷。

優秀すぎて左遷。

賄賂を断り左遷。

とにかく、集まった者は真面目な者が多い。

理由は案内人が、悪徳領主を目指すリアムと正反対の者たちを集めるようにしたからだ。

そんな彼らから見て、リアムという領主は――。

「軍から追い出され、人生について色々と考えた時期もあったが――それがどうだ。まさか、ここで仕えるべき主君を得られるとは思わなかった」

確かに内政手腕は素晴らしいのだろうが、騎士としてもこれだけの力を持っているとは想像すらしていなかった。

機動騎士で暴れ回るその姿は、軍人たちにとっても頼もしい。

いや、眩《まぶ》しく輝いて見えていた。

どんな敵も叩《たた》き潰し、道を切り開くその姿に軍人たちが魅せられる。

「文武に秀でた名君ですか——本当にいるものですね。まさか、貴族である領主様が、騎士のように前線に出て戦うなんて」

司令官は、名君という言葉に納得する。

「本物の貴族というのを、私ははじめて見たよ。——それに、気付かされた。確かに、援軍を待っている間に領地に被害が出たら元も子もない。領主様さえいれば、バンフィールド家は復活するだろうに、民を思ってここで海賊を潰すおつもりだったのだからな」

誰よりも前に出て戦うその姿は、まさしく理想の騎士であり、本物の貴族だった。

そして、自分の領地には手出しはさせぬという気概に、軍人たちは援軍を待って持久戦を仕掛けたことを恥じる。

本来であれば後ろにいなければいけないリアムが、そのことに気付かせてくれた。

「自ら前に出て戦うまでは、しなくてもいいと思いますけどね」

「騎士がいないバンフィールド家には必要だ。確かに褒められない行動だが、それ故に頼もしくもある。——それに、自分の領地に海賊は絶対に入れない、か」

リアムが領民たちを守るために、自ら前に立って戦っている——と、軍人たちには見えていた。

安全策である持久戦ではなく、民のことを考え短期決戦に出た若き貴族だ。

「本気で領民を守る貴族をはじめて見ましたよ。貴族が実戦に出るなんて希《まれ》ですからね。

しかも、民のために命懸けですよ。確かに、民のことを考えれば最善ですが、思い切りが良すぎます」

トップが先陣を切るなど非効率的である。

だが、この人についていけば勝てると思わせるというのは、とても大事なことだった。

リアムは気付かぬ内にそれを分かりやすい形で示していた。

アヴィドに乗り込み戦う姿に、軍人たちは奮い立つ。

現在の貴族たちは、騎士の実力を持ちながらも前に出ようとはしない。

出たとしても、ただの世間知らずが多かった。

自分たちの能力を高めるのも、他者を見下して横暴に振る舞う者ばかり。

それが今の帝国貴族たちだ。

良識ある貴族は少なく、そんな良識ある貴族たちでもリアムのような思い切りの良さはない。

領地の危機に自ら前線に立つリアムというのは、帝国全体を見ても希少な貴族である。

『どうした、海賊共！　もっと俺を楽しませろ！』

——戦闘を楽しんでいるような気もするが、泣きながら戦うよりは良いだろう。

海賊を前に自分たちの大将が笑っているのだ。

部下の不安も和らいでいく。

第十話 一閃流の継承者――開祖

「圧倒的じゃないか！」

アヴィドのコックピット内。

操縦桿《かん》を握りしめた俺は笑いが止まらなかった。

これだ――これなのだ。

圧倒的な力で敵をねじ伏せる。

無駄に金をかけた兵器で敵を蹂躙《じゅうりん》する。

しかも相手は海賊だ。

前世の取り立て屋のような怖い連中と重なるような輩《やから》を、俺は力でねじ伏せているという感覚に酔いしれていた。

奪われる側から、奪う側に回れた。

それが俺の心を満たしていく。

「ほら、ほら！　どんどん来いよ！」

無重力である宇宙空間で、アヴィドは俺の思い通りに動いてくれた。

黒い重装甲な機体が、両肩に大きなシールドを取り付けている。

これはただの盾ではない。盾に内蔵された装置が起動して、レーザーやらビームやら、魔法などの攻撃から本体を守ってくれている。

おかげで安心して戦える。

また、アヴィドの性能だ。

第七兵器工場で生まれ変わったアヴィドは、どんな機動騎士よりもパワーがある。

頑丈で、俺の思い通りに動いてくれる。

最高の機体だった。

「いいぞ、アヴィド！　お前は最高だ！　敵をひねり潰せ！」

レーザーブレードが敵を両断する。

「強い。強いぞ、アヴィド！」

アヴィドの強さに興奮し、同時に師匠の教えが素晴らしかったことに感謝する。

剣術を学んでいたはずなのに、無重力状態の部屋に放り込まれ目隠しをしたまま襲い来るボールを避ける日々を思い出した。

これがいったい何の役に立つのか？　そんなことを考えていた自分が恥ずかしい。

師匠の教えは、剣術だけではなく操縦にも十分に活《い》きている。

きっと、俺がこのような戦いに参加すると思って、幼い頃から操縦技術を磨くように言って来たのだろう。

そう、師匠の教えには全てに意味があった！

「俺は素晴らしい師匠に出会えたな」

右手に持ったバズーカが、弾切れを起こしたので放り投げた。

襲いかかってくる海賊の機動騎士の頭部を、アヴィドがマニピュレーター――手で掴《つか》むとそのまま握り潰す。

海賊たちが使っている機動騎士とは、そもそも性能が違うのだ。

海賊たちが使っている機動騎士など、アヴィドの前では玩具《おもちゃ》と同じだ。

軽自動車とスポーツカーが、レースをしているようなものだ。

右手近くに魔法陣を出現させ、そこから新たにバズーカを引き抜いてアヴィドに持たせる。

通常の機動騎士よりも大きく目立つアヴィドには、海賊たちも群がってくる。

おかげで敵に困らない。

「わざわざ倒されに来てくれて――ありがとう！」

顔が自然とニヤけてしまう。

操縦桿のトリガーを引けば、アヴィドの周りに魔法陣がいくつも出現した。

空間魔法に収納した兵器が姿を見せる。

魔法陣からいくつもの箱を覗《のぞ》かせ、敵をロックオンしていく。

箱の正体はミサイルポッドだ。それが、何千発分も展開されている。

気付いた敵が慌てて背中を見せて逃げようとするが、もう遅い。

「気付くのが少し遅かったな」

ミサイルポッドから次々にミサイルが放たれ、逃げ惑う敵を追尾していく。

そのまま追いつかれ爆発に巻き込まれ、次々に撃墜されていく。

「もっと怯《おび》えろ。もっと恐怖しろ。このリアム・セラ・バンフィールドの名を、帝国中に響かせる餌となれ！」

すると、爆発の中からくぐり抜けてきた海賊の機動騎士が数機。

他の機体とは動きが違うことから、乗り込んでいるのは騎士だろう。

「海賊騎士って奴《やつ》か？」

元は騎士だったが、色々な理由で海賊になった騎士たちを海賊騎士と呼んでいた。

多くは海賊団の用心棒やら幹部という待遇を受ける。

海賊たちにとっても、騎士とは貴重な戦力だ。

そんな彼らは、アヴィドの背後や真上に真下と——宇宙空間を利用した戦いを挑んできた。囲まれたアヴィドに敵の攻撃が襲いかかるが——。

——両肩にマウントしたシールドが、敵のビームやらレーザーやらを防ぐ。

機体を光の粒子がキラキラと光るエネルギーフィールドが、球体状に包み込んで攻撃がアヴィドに届くことはない。

実弾を撃ち込まれても、アヴィドの装甲が弾《はじ》いてしまう。

「もう最強じゃないか！——おっと」

近接武器——ブレードなどに持ち替えた海賊騎士たちの乗る機体が、次々に襲いかかってくるので避けておく。

流石《さすが》のアヴィドも、騎士の攻撃には傷がついてしまう。

新車が傷つくような感じがして嫌なので避けておいた。

ほら、買ったばかりの物に傷がつくと嫌だし。

バズーカを放り投げてライフルを取り出して撃てば、これまでの敵とは動きが違い、簡単に避けられた。

「普通の海賊とは違うな。だけど――甘い！」

アヴィドが近付いてきた海賊の機動騎士とすれ違うと、敵を両断していた。

「いい反応だぞ、アヴィド」

俺の反応速度についてきてくれるアヴィドは、扱いは難しいがこれ以上はない相棒だ。

斬りかかってくる海賊の機動騎士たちを、次々に斬り伏せていく。

斬り上げ、唐竹、逆袈裟《けさ》、払い――ブレードを振れば敵が斬られて爆発していく。

その内の一機が、俺の攻撃をブレードで受け止めていた。

アヴィドに突撃しパワー勝負を挑んできたのだ。

接触したことで、相手の声を拾ってしまう。

『お前――何をやった！　いったいどこの流派だ！』

騎士の多くは剣術を学ぶ。

そのため、騎士ならば大抵がどこかの流派に所属しているか学んだ過去がある。

武芸を学ぶのは騎士の基本だ。

だが、俺の流派を知らないのか相手は困惑していた。

海賊騎士たちの中では一番動きがいい機体。

興味を持った俺は、律儀に海賊騎士と会話をしてやる。

強者の余裕というやつだ。

そして、余裕を見せられるのは強者の特権だ。

「一閃《いっせん》流だ。師は安士《やすし》。知らないのか？」

『知るかよ、そんな流派！　ドマイナーな剣術使いがいい気になりやがって！　師匠の名前も聞いたことがない』

腹が立ったので右手に持たせていたライフルを捨て、海賊騎士の頭部を握りつぶした。

「ドマイナーだと？　いいだろう——お前らを潰して一閃流の名を広げてやる！」

海賊騎士の機体を手放し、興味が失《う》せたのでコックピットを貫いて次の獲物を探した。

俺はアヴィドを近くの海賊船に向かわせる。

ブースターが火を噴き、加速したアヴィドに次々に光が襲いかかってくる。

光学兵器の雨の中を突き進み、海賊船に突撃すると装甲を突き破って貫いてしまった。

貫かれた海賊船が、爆発してしまう。

「さて、次の獲物はど〜こかな！」

◇　◆　◇　◆　◇

ゴアズは爆発の中から無傷で出てくる黒い機動騎士をモニターで見ていた。

「な、何だ、あいつは！　誰だ。あの機体に乗っている騎士は誰だ！」

てっきりネームド――名のある騎士が乗った機動騎士だと思った。

大型で古い機体まで出してきたと思ったが、そんな機体に海賊騎士たちは手も足も出ずに倒されていった。

焦るゴアズは冷や汗が止まらない。

それだけ、黒い機動騎士が恐ろしかった。

「こんなところにどうしてネームドが――」

名の知れたエース級が、敵にいると思い込みゴアズは慌てていた。

だが、副官が部下からの報告を聞いて驚く。

「団長！　あの機動騎士に乗っているのがバンフィールド家の当主です！　リアム・セラ・バンフィールド本人です！」

「何だと!?」

その報告を聞いたゴアズが怒りに震える。

「小僧一人に高い金を払った用心棒たちが負けるっていうのか。あいつらに与えた機動騎士も安物じゃないんだぞ！」

高い用心棒代を支払い揃《そろ》えた海賊騎士たち。

与えた機動騎士も闇商人から仕入れた外国の軍が採用している機動騎士だ。

外見は変更しているが、それでも普通の海賊たちが使用している機体よりも優秀だった。

それなのに相手にならないというのが信じられなかった。

「——大将が出てきたなら好都合だ。奴を囲んで叩《たた》け！　馬鹿が。手柄欲しさに飛び出してくるなんてやっぱりガキだな」

部下たちが見ているため、ゴアズは虚勢を張る。

ゴアズは海賊だが、それ故に海賊が一番信用できないと考えている。

それは、平気で味方を裏切るからだ。

数が膨れ上がればなおさら、簡単に裏切る奴らも増える。

勝てないと思えば、ゴアズを裏切る可能性が高い。

椅子に座って余裕を見せていると、ゴアズの指示に従い海賊たちがリアムの機体に群がりはじめたが——。

「なっ!!」

ゴアズは驚き口が開いてしまう。

リアムに群がった海賊たちが、一瞬のうちに斬り裂かれていくのだ。

リアムに近付くだけで爆発していく。

海賊船も両断され、まるで夢でも見ているようだった。

（あ、あり得ない！　いくら騎士が強いからってこいつは異常だ。何だ。何なんだ、こいつは！）

信じられなかった。

そのままリアムは一直線にゴアズのいる旗艦を目指してくる。

味方である海賊船がひしめく中を突き抜けると、撃ち落とそうとした味方が同士討ちをはじめた。

「馬鹿野郎！　すぐに止《や》めさせろ！　機動騎士に相手をさせろ」

リアム一人に大慌ての海賊たち。

だが、敵はリアムだけではない。

副官が叫んだ。

「団長！　敵がこちらに突撃してきます！」

リアムを追いかけるように押し寄せてくるのは、円錐状《えんすいじょう》の陣形を作った敵の艦隊だった。

バラバラに動いていた海賊たちを突き破りながら、ここまで突撃してきたようだ。

練度が高く陣形の動きに乱れが少ない。

そんな敵に対して、寄せ集めの海賊たちでは手も足も出なかった。

いくら装備の質が高くても、運用が下手すぎる。

ゴアズが椅子の肘おきに拳を振り下ろす。

「役立たず共が！」

軍人崩れも多い海賊団だが、多くは訓練をまともに受けていない者たちだ。

少し劣勢になれば、弱い海賊たちから簡単に崩れていく。

ゴアズは劣勢になったこの状況の中で思案する。

(流れが悪い。このまま負けるくらいなら、さっさと逃げて身を隠すか。少しばかりでかくなりすぎたと思っていたからな)

巨大海賊団の団長というのは魅力的だが、海賊たちを従えるのも面倒になっていた。

いっそ身を隠そうと思い、ゴアズは副官を呼び耳打ちする。

「このまま逃げるぞ。信用できる連中だけに声をかけろ。他は切り捨てていい」

副官は驚くも、すぐに頷《うなず》いていた。

「了解です」

ゴアズの乗り込む旗艦が動き出し、そして周囲の護衛艦も動く。

(逃げ延びたら小僧には暗殺者を送り続けてやる。俺にはこいつがある。何度だってやり直せるからな)

錬金箱を強く握りしめていると、副官が叫んでいた。

「どうした！　早く逃げないか！」

操舵《そうだ》を担当する海賊の返答はこうだ。

「味方が邪魔で逃げられません！」

副官が部下を殴りつける。

「なら破壊してでも進め！　早くしろ。敵はすぐそこまで迫ってきているんだぞ！」
劣勢となり、早く逃げ出したい副官のこの行動は、普段なら考えられないものだった。
どうしてこんなことをしたのか？
――単純に近くまで迫ってきているリアムが怖かったのだ。
どうやっても止まらないリアムに、海賊たちは恐怖していた。
そして――。
『捕まえた』
――リアムの声が聞こえた直後に、旗艦が激しく揺れる。
リアムのアヴィドが船体に降り立つ姿が、モニターに映し出されていた。
そして、アヴィドが周囲にある砲台を吹き飛ばしていく。
モニター越しにアヴィドを見たゴアズたちは、その姿に顔を青ざめさせる。
「何で旧式の機体がこんなに強いんだよ！」
ゴアズはブリッジから逃げ出しながら叫ぶのだった。

◇　◆　◇　◆　◇

逃げようとしていた敵の旗艦を見つけて襲いかかった。
船体に取り付き、わざわざ隙を見せているのに、周囲の海賊船がアヴィドに攻撃を仕掛けてこない。

「流石の海賊も団長の船は狙わないか？」

海賊たちがためらっている中、俺は堂々とアヴィドを歩かせる。

「脱出艇が出そうなのはそこかな？」

ライフルで攻撃し、逃げ道を丁寧に塞いでいく。

逃げようとする海賊たちも撃ち落としてやった。

「今更逃げようなんて遅いんだよ。いったい誰に手を出したのか教えてやる。それから、お前らの財宝はみんな俺の物だ！」

逃げ道を塞いでいくと、周囲の海賊船が味方を放置して逃げ出していく。

俺の方は、味方がようやく追いついてきた。

ノイズの激しい通信で俺の無事を確認しに来た。

『領主様、ご無事ですか！』

「問題ない。それよりも追撃だ。一千隻を残して、残りは逃げる奴《やつ》らを追え。絶対に逃がすな。降伏も認めない。徹底的に叩き潰せ！」

『はっ！』

逃げ惑う海賊たちを追撃する味方の艦隊。

戦争において一番被害が出るのは撤退時だ。

それはこの世界でも同じである。

味方艦が俺の取り付いた敵旗艦に横付けすると、陸戦部隊を送り込む準備に入った。

俺は敵旗艦の格納庫へと入るため、ハッチを無理矢理こじ開けて中に入る。

機動騎士が待ち構えてバズーカを撃ってくるが、その程度ではアヴィドを破壊できない。

アヴィドが爆発に包まれるが、コックピットは少しも揺れなかった。

「あ～あ、アヴィドが汚れちゃった」

無傷に近いアヴィドを見て、海賊たちが恐怖に駆られて攻撃してくる。

宇宙服を着た海賊までもが、ライフルを構えて攻撃してきた。

「邪魔だ」

アヴィドの各部に仕込んだレーザーが放たれ、海賊たちを消し飛ばしていく。

機動騎士は斬り伏せ、そして抵抗がなくなると俺はヘルメットをかぶった。

パイロットスーツはそのまま戦闘服――パワードスーツでもある。

ブレードを腰のベルトに取り付け、ライフルを手に持つとアヴィドから降りて海賊船へと乗り込んだ。

「さて、宝探しといきますか」

すると、味方の小型艇が次々に格納庫へと入ってくる。

そこから陸戦隊が次々に降りてくると、俺の周りに集まって整列した。

戦闘用のパワードスーツに身を包んだ兵士たちは、俺よりも全員背が高く威圧感がある。

そんな奴らが、俺に対して礼儀正しいというのが――実に楽しい。

やはり身分というのは大事だ。

大の大人が、子供の俺を前に敬礼をしてくるのだから。

「リアム様、お迎えに上がりました」

ただ、こいつらは俺を連れ帰るつもりらしい。

ここからが楽しいところだろうに。

「断る。俺はこれから宝探しだ。お前らも付き合え」

そう言うと、兵士たちが俺を止めようとする。

「危険です！　動力炉は既に押さえましたが、敵が自爆でもしたら――」

「逃げるような奴が自爆なんかするかよ。ほら、さっさと来い」

嫌がる陸戦隊を率いて俺は船内へと入った。

陸戦隊は俺よりもごついパワードスーツを着用しており、俺を守るために周囲を固める。

海賊船の中は思ったよりも綺麗《きれい》だった。

重力制御が解除されたのか、無重力状態の通路を歩くと物が漂っていた。

それを周囲の兵士たちが手で払いのけ、俺の通り道を確保する。

無重力ではあるが、パワードスーツの靴底が床に張り付くので問題なく歩ける。

「意外と綺麗だな。もっとゴミゴミしていると思ったのに」

陸戦隊の小隊を率いる隊長が、俺の行動にハラハラしっぱなしだった。

「リアム様、不用意に前に出ないでください！」

注意されつつ先を進むと、俺の感覚が敵意を感じ取り全員を止まらせた。

「おい、隠れているぞ。――あそこだ」

通路の曲がり角。

そこで待ち構えている気配を感じた。

同時に、天井に潜んでいる海賊の気配も感じ取ったので、兵士たちに撃つように命令する。

部下がライフルを天井に撃つと、天井に穴が開いた。

そこから赤い血が玉になって宙に浮きながら出てきたので、どうやら倒せたようだ。

部下が俺に報告してくる。

「センサーに反応しないスーツを着用していたようです。こんな高価な装備を海賊が持っているなんて信じられません」

とても高価な装備を持っている。

つまり、こいつらのお宝は期待できるということだ。

「金持ちの海賊団か。お宝もきっと豪華だろうさ。ほら、いくぞ」

通路奥の海賊たちは、陸戦隊が処理したので先に進む。

すると、広い部屋に出た。

そこに待ち構えていたのは、パワードスーツを着用した海賊騎士たちだ。

「不用意だったな！」

奇襲を仕掛けてくるのに叫んだ海賊騎士に呆《あき》れる。

師匠は俺を不意打ちする際には、絶対に自分の居場所を教えるようなことはしなかった。

こいつらは二流だな。

俺たちに斬りかかってきたが、慌てる必要すらない。

「リアム様をお守りしろ！」

だが、部下たちは大慌てだ。

部下たちが前に出ようとしたのを押しのける。

「不要だ」

俺はそのまま海賊騎士たちを無視して歩いた。

部下たちが困惑しているので、振り返って言う。

「何をしている。早く来い」

「え、いや——」

飛びかかってきた海賊騎士たちは、飛び出した勢いのまま壁や床にぶつかり体がバラバラになっていく。

「リアム様、何をされたのですか？」

戸惑っている部下たちに俺は素っ気なく教えてやる。

「斬った」

兵士たちが知覚できない斬撃——俺も随分と成長したものだが、二流の海賊騎士たちを斬り伏せても嬉《うれ》しくないな。

この程度で粋がっていたら、師匠に叱られてしまうだろう。

それにしても、師匠の領域にはまだ届かない。

安士《やすし》師匠の強さに、俺はいつかたどり着けるのだろうか？

あの、本当に剣を抜いたかも分からない――というか、抜いて斬っていないのではないかと思える斬撃は今でも鮮明に覚えている。

今の俺の斬撃など、師匠に比べると児戯に等しい。

だが、周囲には今の技量でも十分だったようだ。

俺についてくる陸戦隊が黙り込む。きっと俺を恐れているはずだ。

そうだ、この俺を恐れろ。

お前らの主人である俺を恐れ、崇《あが》めるのだ！

◇　◆　◇　◆　◇

陸戦隊の兵士が、前を歩くリアムの背中を見ていた。

子供がパワードスーツを着用しているので、多少大きくは見えるが小柄には違いない。

周囲には自分たちのような大人が取り囲んでいるのに、存在感だけは誰にも負けていなかった。

その小さな背中が、大きく――偉大に見えた。

「あれだけの数を相手に何て余裕だ」

通常、騎士に出会ってしまうと兵士たちは不幸を嘆く。

それだけの力の差があるのだが、味方に頼もしい騎士がいると逆に幸運に感謝する。

同僚の兵士も、リアムに感心していた。

「まだ成人もしていないのに免許皆伝だぞ。うちの領主様、実は凄《すご》い人なんじゃないか？」

元から内政手腕は高く評価されていた。

だが、軍事面は評価されていない。

そもそも、成人前なので軍人としての教育を受けていないのだ。

評価のしようがない。

それでも、これだけの強さを見せられてしまえば話は別だ。

「あぁ、信じられない強さだ。もしかして俺たち、とんでもない人の兵士なんじゃないか？」

バンフィールド家の領地出身の兵士たち。

彼らは領地の外に出たことがないため、リアムがどれだけ凄いのか分かっていなかった。

そもそも、比べる相手が先代や先々代だけだ。

二人からすれば、リアムは立派すぎる人物だろう。

だが、こうして戦場でリアムを見て、その姿に自分たちの領主は想像していたよりも凄い人なのではないか？

そう思えてくる。

「海賊騎士をあんなに簡単に倒すんだ。何とか、って流派の免許皆伝だったかな？」

同僚の言葉に、兵士は呟《つぶや》くのだ。

「確か、一閃《いっせん》流だったかな？　凄い流派もあるもんだな」

第十一話 お宝

リアムたちに船に乗り込まれた海賊たちは、船内を逃げ惑っていた。

海賊騎士たちも抵抗するが、多くは兵士に囲まれ倒されていく。

訓練を受けた兵士に囲まれては、騎士たちも太刀打ちできない。

そもそも、優秀な海賊騎士たちは既に出撃し、残っていたのは出撃を嫌がった者たちだ。

実力もなく、鍛えられた兵士たちに囲まれ呆気《あっけ》なく倒されていた。

兵士の練度、装備の質――バンフィールド家の私設軍は、まるで正規軍のようだった。

副官の男が、船内を逃げながら悪態をつく。

「ゴアズの野郎。一人だけ逃げやがった！」

自分たちに乗り込んできた敵陸戦部隊の相手をさせ、いつの間にかいなくなっていた。

副官もブリッジから逃げだし、何とかこの状況から脱出する方法を考えている。

端末で艦内の状況を調べるために、立ち止まって物陰に隠れた。

「駄目だ。どこも潰されて逃げ場がない。くそ――こんなところで」

怖がって座り込む副官。

すると、刀を持った騎士が率いる敵の部隊に見つかってしまう。

逃げようとするが、どこに逃げても敵ばかり。

副官は両手を上げて降参のポーズを見せた。

「ま、待ってくれ！　俺の話を聞いてくれ」

刀を肩に担いだ小柄な騎士が立ち止まり、話を聞いてくれるのか部下たちにも「撃つな」と命令していた。

声からすると若い騎士のようだ。

（チャンスだ。ここは泣き落としでも何でも良い。とにかく生き延びてやる）

「お、俺はゴアズに利用されていただけなんだ。頼むから見逃してくれ」

騎士はヘルメットをかぶっており、表情が見えなかった。

「そうだ！　お宝のありかを知っている。鍵は開けられないが、場所を教えるから見逃してくれ。この通りだ！」

土下座をする副官に、騎士は何も言わない。

だが、騎士の部下が端末を操作して報告をしていた。

「リアム様、この男はゴアズ海賊団では副官をしていた男のようです。幹部が利用されていただけとは考えられません」

リアムと聞いて、副官が顔を上げた。

「リアム？　お前が――いえ、貴方様《あなたさま》でしたか！　一目見て、王者の風格があると思いました。どうでしょう、俺を雇いませんか？　このゴアズ海賊団を仕切っていた俺を雇えば、貴方の力に――力に――」

急に視界が変わった。

体が動かず、それなのに視界が目まぐるしく変わる。

無重力の中、自分の体が見えた。

首が斬り落とされた自分の体だった。

「——え？」

副官の意識はそこで途切れる。

◇　◆　◇　◆　◇

戦場を見ていた案内人は唖然《あぜん》としていた。

宇宙空間——破壊された海賊船の上に立っていた。

「あり得ない。何だ。何だ、あの強さは！」

案内人はリアムの強さに戸惑っていた。

一閃流などという流派はこの世界には存在しない。

そもそも、安士の嘘《うそ》なのだ。

それを——リアムは再現してしまった。

「才能があったとしても、あの強さはどういうことだ？　あの男、いったい何を教えてきた？」

自分が見ていない間に、想像以上に強くなりすぎていた。

普通なら絶対に敗北している状況だ。

まさか、リアムがここまで強いとは思わず、案内人は両手で頭を抱える。

「痛い。胸が苦しい。くそっ！」

忌々しいリアムの感謝の気持ちが伝わってくる。

案内人を信じて感謝する気持ちに——吐き気が止まらない。

「こうなればなりふり構うものか。ゴアズ、貴様には特別な力をくれてやる」

腕を振るうと、黒い煙が発生した。

「私の流儀に反しますが仕方がありません。これも貴方が悪いのですよ、リアムさん。まったく、酷《ひど》い目に遭いましたよ」

自分がちょっかいを出していた癖に酷い言い草だった。

◇　◆　◇　◆　◇

船内に隠れているゴアズは、錬金箱を両手で握りしめて震えていた。

聞こえてくるのは、味方の悲鳴ばかり。

悲鳴が聞こえる度に、ビクビクとしていた。

「嫌だ。死にたくない。死にたくない。死にたくない。こんなところで死にたくない」

今まで散々暴れ回ってきた海賊団の団長だが、怯《おび》えて泣いていた。

膝を抱えて大きな体を縮こめ、震えて親指の爪まで噛《か》みはじめる。

そもそも、ゴアズの強みは錬金箱を使用した豊富な資金源だ。

多少強くとも騎士ではない。

武装した兵士に見つかれば、簡単に殺されてしまう。

「い、命乞いをするか？　だ、駄目だ。俺の懸賞金を得るために突き出される。そ、そうだ、こいつで財宝を用意すれば――」

錬金箱――もっとこれをうまく使えていれば、ゴアズは巨万の富を得ていただろう。

海賊などやらずにすんだはずだ。

それなのに、好き勝手に暴れてきたからこのような状況に陥っていた。

自業自得である。

もっとも、リアムに負けるなど誰も予想出来なかっただろう。

そんなゴアズを包み込むように発生する黒い煙。

「な、なんだ！」

聞こえてくる声は――案内人のものだった。

「ゴアズ、貴様にチャンスを与えてやる」

「だ、だだ、誰だ！」

怯えているゴアズの口に黒い煙が入り込んでくる。

案内人が姿を見せると、ゴアズは苦しみ自分の喉を両手で握りしめた。

その際に錬金箱を落としてしまったが、気にしている余裕もない。

案内人がゴアズに命令する。

「誰でもいい。お前にリアムを倒すチャンスを与えてやる。このまま負けたいのか？」

ゴアズが首を横に振ると、案内人は口元を三日月のようにして笑う。

「それでいい」

黒い煙を吸い込んだゴアズは、苦しみから解放されると自分の手を見た。

見慣れた自分の手だが——色が違う。

「何だ？　力があふれてくる。それに、何も怖くない！　怖くないぞ！　俺は強い。強いんだぁぁぁ!!」

青黒い肌に染まった自分の体に違和感を覚えない。

むしろ、力があふれて気分爽快だ。

恐怖心も消えたゴアズは、醜い笑みを浮かべていた。

案内人も嬉《うれ》しそうにしている。

「今のお前の肌はアダマンタイトの硬度を持っている。何も恐れることはない。今のお前は人を超えた存在だ。さぁ、行け！」

「小僧ぉぉぉ！　痛めつけて殺してやるからなぁぁぁ！」

走り去るゴアズを見送る案内人は、額に手を当てるのだった。

「――少し無理をしすぎましたね。少々、遊びすぎました」

異世界を渡るドアを何度も使い、無茶もした。

案内人にも疲れが見える。

「さて、これでいくらリアムが強くとも、今のゴアズは斬れないでしょう。調子に乗って乗り込んだことを後悔しなさい」

案内人がその場から姿を消すと、小さな光が忘れ去られた錬金箱に近付く。

その光は、アヴィドに入り込んだ光――そして、案内人を見張っていた光だ。

光は黒と茶色の毛皮の犬の姿になると、通路を駆け出してリアムのところへと向かうのだった。

◇◆◇◆◇

通路を歩いていると懐かしい気配がした。

気になった方角を見れば、どうやら人ではないらしい。

「――あれ？」

視界を横切ったように見えたのは、茶色の尻尾――犬の尻尾だ。

部下が俺に尋ねてくる。

「どうしました、リアム様？」

「いや、今――犬がいなかったか?」

「犬ですか? いえ、生体反応がありませんし、こんなところにいるはずがありません。まさか、犬にまで特殊な戦闘服は着せないでしょうし」

俺の見間違いだろうか?

少しばかり考え、尻尾に懐かしさを覚えた理由を考える。

――そうだ。前世で飼っていた犬だ。

死の間際に迎えに来てはくれなかったが、それでも俺にとってはかけがえのない存在だった。

それなのに、この世界に転生してから忘れていた。

「今まで忘れていたな」

こんな主人を迎えに来なくても仕方がない。

だが、それもいい。

あいつには、今の俺の姿なんて見て欲しくない。

前世で俺を裏切らなかった数少ない――友達だからな。

しんみりしていると、兵士が声をかけてくる。

「何か?」

「いや、何でもない。それよりも、あっちに行くぞ」

尻尾が見えた方向へ歩いて行くと、綺麗《きれい》な通路ではなくゴミゴミした通路に出た。

物が置かれ、倉庫のように使われている。

隠れる場所が多く、部下たちも慎重に進んでいたが人の気配はない。

犬もいないため、ちょっとガッカリした。

見つけたら保護しようと思っていたのに。

溜息《ためいき》を吐いて下を見ると、床に何かが転がっている。

「何だ？」

拾ってみると、それは黄金の箱だった。

片手で持てるサイズである。

模様やら色々と装飾がされ、何だか得した気分だった。

「お、良い物を拾ったぞ。これは俺の物だ」

部下が俺を見て呆《あき》れていた。

「リアム様は黄金が好きというのは本当だったんですね」

「黄金はいい。俺は大好きだ」

「ミスリルやアダマンタイトはどうですか？」

「ん？　あぁ、好きだよ。でも、黄金が一番だ」

部下たちが何故《なぜ》か呆れているような気がするが、ミスリルって銀だろ？

それにアダマンタイトなんて武器の素材みたいなイメージしかない。

貴重と言われても、そういった素材は使ってこそ意味がある。

箱を眺めていると、またしても視界に犬の尻尾が見えた。

「――まただ」

「リアム様、先行しないでください！」

部下たちを置いて犬を追いかけると、行き止まりに辿《たど》り着いた。

だが、何だか不自然な気がして触ってみると、やはり隠し扉だった。

「犬は見つからなかったが、ここからはお宝の匂いがする！　お前ら、ここに隠し扉があるぞ！」

部下に隠し扉を破壊させて中に入ると、そこには確かに宝の山があった。

だが、俺が思っていた金銀財宝ではなく、骨董品《こっとうひん》関係ばかりだった。

「外れか」

落胆する俺に、部下が驚いていた。

「い、いえ、大当たりじゃないですか！　何だか高そうな物ばかりですよ」

「骨董品とか偽物のイメージしかないんだよ。どうせここに置かれているのも偽物だろ？」

「し、調べてみないことには判断が付きません。その――我々では判別できませんので」

「そうだな。一応は回収するか。――はぁ、つまらないな」

以前、バンフィールド家が所有していた骨董品の数々は偽物ばかりだった。

これらもきっと偽物が大半だろう。

とりあえず確保するとして、俺は何かないか探す。

見つけたのは一本の刀だった。

「お、刀がある」

随分と古そうな刀は、ファンタジー系のゲームに出てくるような刀だった。

鞘《さや》とか柄《つか》のデザインとか、いかにもって感じだ。

割とシンプルで派手さはないが――。

手に取って見ると、刃が随分と綺麗だった。

その輝きを見ていると、不思議な気分になってくる。

偽物ばかりと思っていたが、使えるお宝もあって嬉しい限りだ。

「よし、気に入った。これは俺が使う」

「使わない方が良いんじゃないですか？　高価そうですよ」

骨董品を使うなんてとんでもない！　そう言ってくる部下に、俺はヤレヤレと言い返すのだ。

「武器は使ってこそ意味がある。それに、どうせ海賊から奪った物だからいいんだよ」

腰の後ろにある大きめのポーチに金の箱を入れて、俺はライフルやブレードを部下に持たせて刀を手に持った。

よく考えたら、俺は戦う必要がないから武器なんて不要だ。

刀だけ持っていればいいだろう。

「さて、次はどこに――」

「リアム様、緊急通信です！」

部下が叫び、俺の宝探しはここで終了してしまった。

◇　◆　◇　◆　◇

ゴアズを発見した陸戦隊。

だが、パワードスーツを着用した兵士たちが、黒いゴアズに片腕で投げられていた。

「くそっ！　何で銃弾を弾《はじ》くんだ！」

「光学兵器も駄目だ！」

「退《ひ》け！」

バズーカを持ち出した兵士がゴアズに撃ち込むが、爆発と煙の中からゴアズは何事もなかったかのように歩いてくる。

兵士たちの顔が青ざめていた。

ゴアズが首を回し、瞳を赤く光らせている。

「人の船で好き勝手に暴れやがって。全員、無事に帰れると思うなよ」

手に入れた力と、何でも出来てしまいそうな気分にゴアズは酔っていた。

今ならどんな騎士が相手でも負ける気がしない。

拳を握ると、人の手が出すような音ではない――金属が軋《きし》むような音が聞こえる。

「全員、俺の玩具《おもちゃ》にしてやる」

案内人に与えられた力で、ゴアズは兵士たちを吹き飛ばしていく。

ゴアズの前には、銃弾もレーザーも爆薬も無意味だった。

兵士が機転を利かして、通路内の気圧を弄《いじ》るが――それもゴアズに効果がなかった。

「こいつ、どんな改造をしやがった」

「サイボーグか？」

兵士たちがゴアズから離れようとすると、走って追いかけ殴ってくる。

摑《つか》んでは投げつけ、ゴアズはその力で暴れ回っていた。

鍛えられた兵士たちが、まるで相手にならない。

「小僧を連れてこい！　この俺様が直々に相手をしてやる！」

兵士の一人が大声で周囲に命令する。

「リアム様を船内から連れ出せ。絶対にこいつをリアム様に会わせるな！」

兵士たちが効果はないと知りながらも攻撃を続け、ゴアズはその中を暴れ回った。

「どうした？　その程度か！」

兵士を殴るとヘルメットごと頭部を潰し、投げつけると曲がってはいけない方向へ体が曲がる。

一人の兵士を盾代わりに使うと、銃撃が止《や》む。

「今度はこちらがお前らを――」

盾代わりにした兵士を投げ捨て、一歩踏み出すとゴアズの体中に傷が入った。

「――なっ、何⁉」

驚くゴアズが自身の体を見れば、いくつもの傷が入っている。

一体何が起こったのか分からずにいると、真上から一人の人間が降りてきた。

降り立ったその男は、ゆっくりと立ち上がりながら刃こぼれの酷《ひど》いブレードを見ている。

「お前硬すぎ」

その声は随分と楽しそうだった。

ヘルメットをしており顔が見えないが、少年が笑っているのは分かった。

ゴアズは右手を伸ばして捕まえようとするが、ボトリと何かが落ちた。

それは自分の右腕であり、肘から先がなくなった。

「――え？」

驚いていると、目の前の小さな男がブレードを投げ捨てた。

手に持っているのはどこかで見たことがある刀だ。

骨董品を保管していた部屋にしまっていた、とても貴重な刀だった。

ゴアズのお宝の中では、錬金箱の次に貴重な品だ。

「お、お前、それは俺の！」

少年は楽しそうに笑っていた。

「これ？　もらったんだ。それより、随分と暴れてくれたみたいだな」

肩に刀を担ぎ、笑っている男に左手を伸ばした。

今度は左腕が落ちる。

「――っ！」

ゴアズは何が起きているのか分からなかった。

それどころか、目の前の少年は――いつの間にか刀を抜いていた。

今は感心したように刃を見ている。

「凄《すご》いな。刃こぼれ一つないぞ。気に入った」

失った両手。

ゴアズが混乱していると、切断面から黒い煙が吹き出してそのまま肉の触手となる。

腕の代わりに鞭《むち》のようなものが生えた。

「お、お前がぁぁぁ！」

わけも分からず目の前の少年を攻撃する。

だが、少年はゴアズを無視していた。

「これいいな。今度からこいつをメインで使うわ。いや、勿体《もったい》ないかな？」

振り下ろした鞭は細かく斬り裂かれ、今度はゴアズの片足が斬られる。

膝をつくゴアズの体からは黒い煙が漏れ出していた。

「う、うぁ――」

先程までの威勢はどこにもなく、ゴアズは震えていた。

切断面から黒い血が流れ出ている。

敵が集まり、騎士を守ろうとしていた。

「リアム様！」

その名前を聞いて、ゴアズが顔を上げた。

眉間に皺《しわ》を寄せ、鬼のような形相で目の前の少年を見上げた。

「お前が――お前がリアムか！」

リアムは新しく手に入れた刀に夢中でゴアズを見ていなかった。

「そうだよ。俺がリアムだ。あと『様』を付けろ、ゴミ屑《くず》。それより、この黒いのって誰？　改造人間か何か？」

周囲の部下たちが多少疑問を持ちながらも答えた。

「皮膚の色は違いますが、ゴアズではないかと」

「こいつが？」

ゴアズの左腕に今度は鋭い角のような物が生える。

「俺を無視するなぁぁぁ！」

左腕を突き出し、リアムの心臓を貫こうとすると――今度は左肩から先が斬り飛ばされた。

リアムが膝をついたゴアズに視線を向ける。

刀を肩にのせてゴアズの顔をしげしげと見ていた。

「お前がゴアズか？」

ゴアズはいつの間にか震えていた。

目の前のリアムが、恐ろしくて仕方がない。

(何だ。何なんだよ、こいつ！　どうして銃弾すら弾く俺の体を斬れるんだ。おかしいだろ。こんなのおかしいだろ！)

混乱するゴアズは、リアムに命乞いをする。

「――ゆ、許してくれ」

「え、何だって？」

「助けてくれ。いえ、助けてください。もう二度と逆らわない。も、もしも見逃してくれるなら、とんでもないお宝を譲る。だから――許してください！」

そんなゴアズの申し出に、リアムは笑っていた。

笑って――。

「――嫌だね」

第十二話 ▼ 姫騎士

「嫌だね」

ゴアズを見下ろしながら、俺は口角を上げて笑みを浮かべる。

ゴアズは一瞬唖然《あぜん》としていた。

「へ？　あ、あの——」

「嫌だ。そう言ったんだ」

厳《いか》つい顔をした大男が、俺を前に怯《おび》えて震え始めた。

その姿は実に滑稽だ。無駄に鍛えた筋肉や、ファッションか周囲の威圧のために彫ったタトゥーが前世の借金取りたちを思い出させる。

見ているだけで苛々《いらいら》する。だが、こうして俺に生殺与奪の権を握られ、媚《こ》びたのに即答で拒否されたこいつを見るのは楽しくもある。

——つくづく、俺という人間は最低なのだろう。

ま、今更善人になど戻るつもりもないけどな。

なおもゴアズは命乞いをしてくる。

「頼む！　何でもするから許してくれ！」

周囲の兵士たちが銃を構えゴアズを取り囲む。

他の兵士たちは、怪我人《けがにん》や仲間の死体を運び出していた。

ゴアズへの兵士たちの視線は、とても冷たいものになっている。

今更命乞いをするのか？　そんな感情が見えていた。

巨大海賊団の団長が、子供の姿をしている俺に泣きついてくる。

やはり暴力というのは偉大だな。

それはそれとして、俺がゴアズを助命しないのにはわけがある。

前世から嫌いなタイプであることも理由の一つだが、こいつは勘違いをしている。

「お前は何か勘違いをしていないか？　何でもするとか、とんでもないお宝を渡すとか言っているが――もう、お前の宝は俺の物だ。そして、お前に出来るのは大人しく俺の手柄になることと、俺が懸賞金を得るために帝国に突き出されることだ」

ゴアズが目を見開き驚いているが、俺からすれば当然の話だ。

帝国に引き渡して、俺は懸賞金をもらうのだ。

こいつを助けて得られる利益よりも、そっちの方が魅力的だからな。

「待ってくれ！　俺を生かせば必ず役に立つ。あ、あんたには負けたが、俺の強さを見ただろう？　そっちの兵隊が手も足も出なかったんだ。そんな俺が黙ってあんたの下につく。だから、見逃してくれ！　懸賞金以上の財宝を隠し持っているんだ。だから、お願いだ！ここにはない宝も差し出すから！」

全てが嘘《うそ》ではないだろうが、この場を乗り切るための嘘も含まれているだろう。

こいつは助けた後に必ず裏切るはずだ。

俺はそう言う人間を前世で沢山見てきた。

だから——もう誰も信じない。

「何だ。まだ隠しているのか。なら、帝国の尋問官に伝えておこう。お前の財宝欲しさに、帝国の尋問官たちがあの手この手で聞き出そうとするはずだ」

きっとドン引きするような取り調べをしてくれるはずだ。

その後に処刑されるのが、ゴアズの運命である。

こいつに情状酌量の余地などない。

ゴアズはどうやっても助からないと悟ったのか、俺に媚びることを止めた。

「ふ、ふざけるな、この糞《くそ》ガキがぁぁぁ！」

「なんだ、もう本音をさらけ出すのか？　もう少ししおらしくしろよ」

ゴアズが片足しかないのに立ち上がった。

体から黒い煙を出しながら向かってくる。

そんなゴアズに、俺は刀の切っ先を向けて——。

「いつまでも騒ぐな」

——死なない程度に斬り刻み、最後の脚も奪ってやった。

床に滑り込むように倒れ、ゴアズは何が起きたのか理解できていない顔をしている。

しばらくして状況が把握できたのか、また泣いて命乞いをしてくる。

「た、助けてください！　お願いします！　助けて！　俺はまだ死にたくない！」

聞き飽きた台詞《せりふ》を無視する。

それよりも、俺は新しく手に入れた刀が、想像以上に使えるので喜んで眺めていた。

もうゴアズに興味などないが、部下たちが俺に処遇について尋ねてくる。

「リアム様、本当に生かしたまま捕らえるのですか？」

「何か問題でもあるのか？」

「い、いえ、私は部下を大勢こいつに殺されましたから」

なるほど、許せないわけだ。

周囲の兵士たちも、ゴアズが憎くて仕方がない様子だった。

仲間を殺されれば仕方がない。

俺のやり方に文句を言ってくるのは許せないが、暴力装置であるこいつらが俺に対して不満を溜《た》め込むのも問題だ。

足をすくわれるかもしれないから、丁寧に対応しておこう。

――でも、俺の決定を変えるつもりはないけどな。

「生きたまま帝国に差し出せば、懸賞金の額が上がると聞いている。この状態で差し出す」

そんな風に聞いた覚えがある。

「いえ、ゴアズほどの凶悪犯罪者は生死不問です。ゴアズでしたら、最悪止《とど》めを刺した記録さえあれば懸賞金は出ます」
兵士が空中に懸賞金関連の情報を表示すると、確かにそのようなことが書かれていた。
どうやら俺の勘違いらしい。
恥ずかしいじゃないか。
「何だ、そうなのか」
ゴアズへと視線を向けると未《いま》だに泣いていた。
こいつが星々を滅ぼして回った大海賊団の団長かと思うと情けないな。
俺はこいつを助けるつもりは微塵《みじん》もない。
思い出すのは前世の記憶――誰だ、借金取りにも人情があるなんて妄言を吐いた奴《やつ》は？
前世で俺は、あいつらには骨の髄までしゃぶり尽くされたぞ。
優しさの欠片《かけら》もなかった。
俺に生命保険に入れとか言っていやがった。
いくら泣こうが喚《わめ》こうが許されなかった。
人生に絶望したね。
どうして俺がこんな目に遭うのか、って。
ソレが今ではどうだ？
今の俺は奪う立場。
奪われるのは、凶悪犯罪者であるゴアズ――最高じゃないか！

俺はこいつらよりも強い。

だから、奪っていいのだ。

「助けてください。全て話します。だから助け――」

ゴアズの命乞いが、いい加減に五月蝿《うるさ》くなってきた。

「騒ぐな、うっとうしい」

首を斬って黙らせると、俺はゴアズの体を見て驚く。

黒い皮膚が、日焼けをしたような小麦色の肌になる。

「肌の色が戻った。こいつ、改造人間じゃないのか？」

体を見ても機械化しているとか、そんなことはない。

それであの黒い皮膚とか――この世界は不思議なことばかりである。

ゴアズの頭部を摑《つか》み、兵士に手渡す。

「これで証拠になるんだよな？」

「は、はい！」

兵士たちが慌てて敬礼をしてくる。

すると、船内を制圧したと報告が通信で届いた。

「もう終わりか」

終わってしまえば呆気《あっけ》ないものだった。

海賊団も数が多いだけでたいしたことがない。

これが初陣だと思うと拍子抜けである。

部下が俺に追加で報告をしてくる。

「リアム様、船内に囚《とら》われている者たちがいるようです」

「囚われている者たち？」

「――はい。どうやら、海賊たちに捕まっていたそうです」

◇　◆　◇　◆　◇

海賊の一人に案内されてやって来たのは、ゴアズの部屋の近くだった。

海賊船にしては随分としっかりした造りをしていると思っていたら、どこかの国の戦艦を奪って改造したらしい。

やりたい放題な海賊にも呆《あき》れるが、船艦を奪われた国にも呆れたものだ。

俺は道案内をしている海賊を後ろから蹴飛ばしてやった。

「まだ辿《たど》り着かないのか？」

「は、はい！」

他の海賊たちから〝飼育係〟と呼ばれていた男は、ゴアズに近い存在だった。

背は低く、お腹《なか》は出ているのに手足が細い。

不気味な男である。

特別な仕事を任されているらしく、専門的な知識を持っているそうだ。

ゴアズの部屋の近くに案内され、ドアが開くと俺の部下たちが先に入った。

飼育係が不安そうにしている。

「あ、あの、あまり装置に触らないで。俺の大事な商売道具ですからね」

「商売道具？」

船内に何か特別な装置を置いて、いったいどんな動物を飼っていたのか？

そもそも、そんな動物の売買で儲《もう》かるのか？

俺は一つ気になることを聞いてみた。

「おい、お前」

「はい？」

「この船で犬を飼っているか？」

飼育係が見ていて不快になる笑みになると、俺に自分をアピールしてきた。

「お貴族様も好きですね。どんな犬にでも改造できますよ。従順なのがいいですか？　それとも、本当に犬のようにします？」

どうしてそんな答えが返ってくる？　俺は犬がいるのか、と聞いたのに。

こいつ大丈夫なのか？　そう思っていると、部屋から部下たち数人が飛び出してきた。

ヘルメットのバイザー部分を開けると、吐いていた。

その情けない姿を見て、俺の護衛をしている兵士が怒鳴りつける。

「お前ら、リアム様の前で何て姿をさらすんだ！」

鍛え上げた兵士たちが青い顔をしており、一体何があるのか気になった。

一人の兵士が部屋から出てくると、俺に向かって報告してくる。

「リアム様はお入りにならない方がよろしいと思います」

声に力がない。

それに、中に何があるのか喋《しゃべ》ろうとしないので、報告にならない。

「何だ？　気になるから言えよ」

ためらっている部下に代わって説明してくるのは、不気味な飼育係だった。

「ここは私の研究室でもあるんです。普段は団長——ゴアズの趣味を手伝っていましてね。きっと伯爵様も気に入りますよ」

部屋から出て来た兵士たちが、飼育係を睨《にら》み付けた。

「この外道が！」

そんな兵士の言葉に、飼育係はニヤニヤと笑っていた。

「おや、お気に召しませんでしたか？」

こいつの態度が気に入らなかった。

「——説明しろ」

俺が説明を求めると、飼育係は嬉々《きき》として自分の仕事について語ってくれたよ。

だからさ——気持ち悪くて兵士から拳銃を借りて、飼育係の頭を撃ち抜いてやった。

やっぱ、賊って害悪だわ。

◇　◆　◇　◆　◇

暗い部屋には不気味な道具が壁に掛かっている。

手術台が置かれ、他にも様々な装置が並べられていた。

この部屋は海賊たちの間で飼育部屋と呼ばれていた。

飼育係と呼ばれる不気味な男による実験と、一般人には理解されないゴアズの趣味が融合した悪趣味極まりない部屋だ。

この部屋にいるのは――いずれも美男美女〝だった〟者たち。

ゴアズの趣味は、美男美女が醜くなっていく姿を楽しむというものだ。

飼育係は人体の改造を趣味としており、二人が揃《そろ》ったことで部屋にはかつて美男美女だった者たちが悲惨な姿に変えられていた。

ゴアズは略奪を行った惑星から、美男美女を連れ去る。

そして囚えた者たちをこの部屋に押し込めた。

そんな中、特に酷《ひど》い扱いを受けている女性がいた。

名前は【クリスティアナ・レタ・ローズブレイア】――彼女はかつて美しい女性騎士だった。

星間国家の中では小国ではあるが、王族の生まれで民にも慕われていた。

愛称は【ティア】。

強く、そして美しいその姿に人々は彼女を〝姫騎士〟と呼んで称《たた》えた。

そんな彼女だが、ゴアズに故郷である惑星を人質に取られ投降し、今ではゴアズの一番のお気に入りの――玩具《おもちゃ》だった。

この部屋に連れてこられた人たちは、そういった特殊な立場も珍しくない。

今はゴアズたちの歪《ゆが》んだ欲望により、醜い姿に変えられていた。

クリスティアナ――ティアは、その部屋でかつての面影はない肉塊に成り果てていた。

今は滅んでしまった故郷を嘆き、そしていつ死ねるのかと願うばかりの日々を過ごしていた。

かつては気高かったティアの心も折れかかっている。

そんな彼女が船の異変に気が付き、部屋に見知らぬ一団が入ってくると全てを察した。

海賊たちの装備とは違い、おまけに統制が取れている。

どこかの軍隊だろう。

部屋に入ってきた兵士たちが、目の前に広がる光景――自分たちを見て吐いている。

ティアは震えている兵士に語りかけた。

「――ゴアズはどうなりましたか？」

かつての美声は、その面影を一つも残していなかった。

不気味な声になっており、兵士を驚かせるだけだった。

兵士が肩を震わせ驚き銃口を向けてくる。

「ひっ！」

その兵士の態度を見て、自分が今どんなに醜い姿になり果てたのかをティアは再認識して悲しくなる。

同時に、ようやく解放されると安堵《あんど》もした。

「驚かないでください。このような姿になり果てましたが、私は敵ではありません。もう一度お尋ねします。ゴアズはどうなりましたか？」

だが、兵士は怯《おび》えているのか答えてくれない。

下手をしたら、このまま引き金を引いて自分を撃ち殺しそうだった。

ただ、その兵士の姿を見て、部屋にいるティアと同じように醜い姿に変えられた仲間たちも安堵していた。

あぁ、これで自分たちは——ようやく死ねるのだ、と。

最後にゴアズや、飼育係がどうなったのかを聞いておきたかったが、ティアとしてはもうどうでもよくなっていた。

早く全てを終わらせたかった。

そう思っていると、部屋の外から一発の銃声が聞こえた。

何が起きたのか？　そう思っていると、兵士たちが慌てて整列する。

そして、一人の騎士が部屋に入ってくる。

小柄でまだ幼い。

成人しているかも怪しい少年は、刀を一本持っていた。

兵士たちの対応から、この少年がかなり上の立場にいると察したティアが語りかける。

「ゴアズを捕らえたのですか？」

少年は少し驚いた様子だったが、すぐに答えてくれた。

物怖《ものお》じした様子がなく、肝が据わっているようだ。

「殺した。飼育係という男も俺が撃ち殺した」

簡潔に答えてくれた少年の言葉に、ティアはここに来てはじめて幸せを感じた。

「――そうですか」

部屋の中、仲間たちがうめき声を上げた。

自分たちをこんな姿にしたゴアズや飼育係が死んだ。

そのことが嬉《うれ》しかった。

歓喜、感謝、うれし泣き――兵士たちは怯えているが、少年はティアを見ている。

部屋を捜索していた兵士の一人が、端末を持ってくると少年に手渡していた。

ティアは本当に心から感謝した。

少年がまるで、この地獄のような日々の中で祈り続けた神の使いに見えたからだ。

「ようやく終わるのですね。どこのどなたか存じませんが、情けがあるのならどうか――

どうか我らをお救いください」

ティアの言う救いとは、少年たちの手によって死ぬことだった。

もはや、今の体では自ら死ぬことも出来ない。

ようやく全てが終わるとティアは思っていた。

「救いだと？」

「はい。我々の姿を見ていただければ理解できるはず。もう、二度と人として生きることはかないません。ならば、皆さんの手によって――」

醜い姿になり果て、元の姿に戻ることも不可能だ。

もう、生きていても意味がない。

ただ、少年の答えはティアたちの予想に反していた。

「いいだろう、救ってやる。恩は必ず返せよ。誰か、医者を呼んでこいつらを運び出せ」

ティアは目の前の少年が、救うという意味を勘違いしていると思った。

「ま、待って――」

少年はそのまま兵士たちを連れて部屋を出て行く。

残った兵士たちに頼むのだ。

「お願い！　殺して！　殺してください！」

兵士たちが顔を背ける。

「――リアム様のご命令だ。我々では逆らえん。すまないな」

部屋の中、ティアたちには一気に絶望が襲いかかってくるのだった。

ようやく解放されると思ったところで、裏切られてしまった。

「お願いです。どうか――どうか殺してください！　もう、私たちに生きる意味なんて――」

リアムが去ったその部屋に、泣き叫ぶ人たちの声が響いていた。

◇　◆　◇　◆　◇

悪趣味な部屋から出た俺は、タブレット端末で変わり果てた連中の元の姿を見ていた。

何が面白いのか、美男美女を醜い姿にする実験についての記録まである。

変わっていく過程を観察しており、飼育日記のようなものもあった。

海賊の趣味って理解できない。

「あいつら趣味悪いな」

部下が俺に尋ねてくる。

「リアム様、本当に助けるつもりですか？」

医療知識のある部下だったようだ。

「彼らの姿を見る限り、治療方法は肉体を丸ごと再生するしかありません」

「治るんだろ？」

「――はい。ただし、エリクサーが必要です。希釈して使うでしょうが、どれだけの価値があるかご存じのはずです」

ファンタジー世界でエリクサーと言えば、万能の薬みたいなイメージだ。

この世界にも当然あるが、巨大な帝国でも見つかる数は少ない。

市場に出回れば、それこそとんでもない額で取引される。

ハッキリ言って高価すぎて、貧乏な貴族では手に入れることも出来ない。

「買えばいいだろ。俺も欲しかったからな」

ゴアズから奪ったお宝を売れば、相当な金額になりそうだ。

むしろ、ゴアズがエリクサーを隠し持っているかもしれない。

俺、手に入れたエリクサーは使うタイプなんだよね。

「い、いや、その――他にも専門の医師が必要です。必要設備も高額だと聞いています。それに、あの状態では心のケアも必要です。元の姿を取り戻すには何年もかかりますし――その、治療費はとんでもない金額になりますよ」

今回は大儲《おおもう》けできそうなので問題ない。

「助けを求められたから助けるだけだ」

「あの救って欲しいという意味は――」

「知っている」

部下が黙ってしまった。

もう普通の生活は望めない。

それは理解しているのだが――端末に書かれたこれまでの経緯を見ていると、理不尽としか言いようがなかった。

前世の俺を――俺以上の苦しみを見ているようで、少しだけ同情した。

捕らえられたほとんどの人たちが、故郷をゴアズによって滅ぼされている。

帰る場所もない人間たちがほとんどだ。

「今の俺は気分が良いからな。たまには善行も悪くない。そうは思わないか？」

部下たちは返答に困っていた。

まぁ、悪人である俺が善行と言い出して、内心は馬鹿にしているのかもしれない。

いや、笑いをこらえているかな？

それにしても、今回は大収穫だった。

これも案内人のおかげである。

◇　◆　◇　◆　◇

バンフィールド領。

ニュースでは大々的にゴアズ海賊団に勝利したことが報じられていた。

その知らせを聞くと、惑星全体がお祭り騒ぎになった。

酒場のマスターが、今日はお祝いだと酒を次々に客に振る舞っていく。

カウンターに座る常連客が、マスターに乾杯を求めた。

「今日は随分と羽振りがいいじゃないか」

乾杯するマスターは、グラスに入った酒を一気に飲み干してしまう。

「今回ばかりは駄目かと思ったからな」

ゴアズ海賊団に狙われていると知った時は、生きた心地がしなかった。

政庁からの詳しい発表はなかったが、それでも海賊により領地が滅ぶことなど珍しくないというのが領民たちの認識だ。

それだけ海賊というのは怖い存在だった。

常連客もおいしそうに酒を飲み干す。

「違いない！　俺は自棄《やけ》になって大事に取っていた酒を開けちまったよ」

マスターは大笑いする。

「少し我慢すれば、うまい酒になっただろうに勿体《もったい》ないな」

死ぬかもしれない状況で飲むよりも、勝利を祝い飲んだ方がよかっただろうに。

そう言われて、常連客も頷《うなず》くのだった。

「あぁ、本当に勿体なかったよ。それにしても、領主様が初陣を飾った話は本当なのかね？」

「報道ではそうなっているな」

帝国の貴族というのは、時に箔《はく》を付けたいために戦争に参加する。

その際は、安全な場所に下がっているのが普通だ。

だが、報道では機動騎士に乗り込み敵旗艦に突撃したとある。

海賊船に乗り込み、ゴアズまで討ち取ったとあっては虚偽を疑っても仕方がない。

「まるでおとぎ話に出てくる英雄様みたいだな。——本当であれば、だが」

常連客がそう言うと、マスターも「確かに」と頷く。

だが、どこか嬉しそうだ。

「だが、嘘《うそ》の方が嬉しいけどな。今あの人が倒れると、この光景がどうなるか分からん」

マスターと常連客が、酒場で楽しそうに飲む大勢の客たちを眺める。

リアムが生まれる前には、こんな光景が見られるなど想像すらしなかった。

常連客も嬉しそうにしていた。

「そうだな。だが、今は領主様の初陣が無事に済んだことを祝おうじゃないか」

二人はまた新しい酒を用意し、乾杯するのだった。

◇　◆　◇　◆　◇

領地に戻ると歓待を受けた。

領民たちは歓喜し、屋敷で俺を迎えてくれたブライアンなど涙を流していた。

ブライアンはこちらが引くくらい泣いている。

「リアム様！　このブライアン、無事に戻られると信じていましたぞ！」

「お、おう、そうか」

天城《あまぎ》が俺にそっと耳打ちしてくる。

「心配されていたのは事実ですが、勝つとは考えていませんでしたよ」

「そうなのか？」

ブライアンに疑った視線を向けてやると、目をそらしやがった。

だが――心配して泣いてくれるだけいい方だろう。

「それより、こっちは何の問題もなかったか？」

ブライアンは泣きながら色々と報告をしてくるが、聞き取りにくく理解できない。

結局、天城に確認することになった。

すると――。

「首都星への呼び出し？」

「はい。ゴアズ海賊団を討伐した旦那様に、勲章を授与する話が出ています。ほぼ内定しており、正式な発表は近い内に、とのことです」

案内人が言っていたな。

俺の武功というか功績になる、と。

至れり尽くせりだ。

あの程度の海賊団を滅ぼすだけで、とんでもない額の財宝やら名誉が手に入る。

海賊狩りっておいしいわ。

これは積極的に行うべきか？

「それから、ヘンフリー商会と第七兵器工場から連絡がありました。トーマス様は戦利品の買い取りについてのご相談ですね」

「兵器工場は何で連絡してくる？」

残念美人のニアスがいる工場が、どうして俺に連絡してくるのか分からなかった。

理由はすぐに天城が教えてくれる。

「海賊が持つ兵器の中には、他の国家で作られた物も多いそうです。研究材料になるため、買い取りたいそうです」

「研究熱心とでも思えば良いのかな？」

「それから、バンフィールド家が希少金属を発見したと聞き、資材として確保しておきたいのでは？」

ゴアズ海賊団が所持していた貴金属はかなりの量だった。

――黄金は少なかったのであまり嬉《うれ》しくないけどな。

「トーマスと話をするのが先かな」

「すぐに手配いたします」

優秀な部下がいると本当に楽でいいな。

戦いが終わり一ヶ月もすると、領内も随分と落ち着いてきた。

いや、部下たちは事後処理で忙しいけどね。

それでも、俺の方は落ち着いてきた。

まぁ、部下たちが忙しく働き、俺だけノンビリするのは仕方がない。

だって俺は偉いから。

さて、屋敷の応接間で俺が相手をしているのは、越後屋――ではなくトーマスだ。

「トーマス――お主も悪よのぉ！」

「え!?　いや、適正価格だと思うのですが？」

売りつけた貴金属に骨董品《こっとうひん》、その他諸々《もろもろ》の買い取りをトーマスに依頼した。

その額が凄《すご》すぎて笑うしかない。

桁が多すぎてちょっと理解できないというか、想像できない。

ゴアズ海賊団の溜《た》め込んでいたお宝は、それだけ莫大《ばくだい》だったということだ。

「言ってみたかっただけだ」

「そ、そうですか。しかし、本当に全てを手放してよろしかったのですか？」

手に入れた貴金属やらお宝やらのほとんどを売り払った。

理由？　借金の返済だ。

これにより借金を大幅に減らすことが出来た。

全額じゃない――この世界の俺の家族は、いったいどれだけ使い込んだんだ？

ゴアズが溜め込んでいた財宝よりも、借金の方が多いとか不思議でしょうがない。

「持っていてどうするよ。それにいくつかは手元に残しているぞ。この刀とか」

気に入った刀を見せてやると、トーマスが感心したように見ていた。

「これは凄い刀を手に入れましたね」

「え、そうなの？」

よく切れる刀程度にしか考えていなかったが、価値はあるようだ。

「専門ではありませんので、詳しくは分かりません。ただ、私が見ても凄いというのは分かります。詳しい者に鑑定を依頼しますか？」

「う〜ん、別にいいや。普段使いするつもりだし」

「え？」

これだけの刀を普段から使うのか？　そんな顔をしているトーマスに、俺は笑顔を向けてやる。今日は気分がいい。

「気に入ったからな」

「そ、そうですか」

トーマスは驚いているが、使い勝手がいいので仕方がない。

「話は変わりますが、ご要望の品はすぐにでもお届けに上がります」

トーマスから購入予定の商品は医療機器だ。

この際だから、色々と揃《そろ》えることにした。

あいつらの治療もあるからな。

「医者の手配も頼むぞ」

「お任せください」

御用商人がいると本当に便利である。

何しろ、人の手配までしてくれるからな。

ただ、こいつもきっと俺を利用して大儲《おおもう》けしているのだろう。

そう思うと腹が立ってくるな。

トーマスが俺に今後の予定を尋ねてくる。

「それから、首都星へはいつ頃向かわれるのですか？」

「来年？　成人前には向かうつもりだ。こっちでも式典やら何やら予定が詰まっているからな」

この世界では、五十歳で成人を迎えるわけだが――貴族が成人を迎えると、色々と面倒が増える。

立派な貴族になるために修業の日々が始まるのだ。

非常に面倒だ。

これから領内で悪徳領主として色々としようと思ったのに、しばらく領地に戻れない。

「叙勲式には必ず出席いたします。それと、今回の分の山吹色のお菓子でございます」

「越後屋、そちも悪よのぉ！」

「いえ、あの――ヘンフリー商会です」

賄賂――心付けを欠かさないお前のそういうところが俺は大好きだ。

◇　◆　◇　◆　◇

第七兵器工場は、資源衛星を利用した宇宙にある工場だ。

採掘を終えた資源衛星を再利用しており、こうした工場は非常に多い。

兵器を生産しているが、それ以外にも色々と仕事をしている。

他の星間国家の兵器の研究もその一つだ。

バンフィールド家から届けられた海賊船の数々を前に、技術大尉へと昇進したニアスは感激していた。

「凄いわ。海賊船なんて期待していなかったけど、どれもこれも軍艦じゃない。装甲の改造は趣味が悪いとしか言えないけど」

運び込まれた艦艇を一緒に見ていた部下も海賊たちの趣味が理解できないようだ。

「何であいつら、派手に改造するんですかね。それにしても今回は大漁ですね。資材も大量に手に入りましたし」

ニアスが溜息《ためいき》を吐く。

「無茶をして確保したから、来年の予算が怖いわね。また、大量受注でも入らないかしら」

リアムに艦艇を買って欲しいニアスは、また色仕掛けを考えていた。

部下が笑っている。

「また色仕掛けですか？」

「ちょっと、なんで笑うのよ。どういう意味で笑っているのよ！」

「何のことでしょう？　でも、本当にお得意様が欲しいところですよね」

帝国軍の採用トライアルに負け続け、第七兵器工場は予算的に厳しい状況にあった。

なのに、無理をしてリアムから兵器やら資材を買い集めたのには理由がある。

「次こそは負けないわ。次世代艦を開発すれば、うちが巻き返すことも可能よ」

「そんなにすぐに開発できませんよ」

「分かっているわよ！」

達観している部下に腹を立てつつ、ニアスは仕事に取りかかる。

◇　◆　◇　◆　◇

帝国の中枢である帝国本星は首都星と呼ばれている。

俺が叙勲式のために首都星にやってきたのは、ゴアズと戦った翌年のことだった。

首都星は凄いと聞いていたが、確かに凄かったよ。

何が凄いって――惑星を丸ごと包み込むとか、発想がやべぇ。

惑星を包み込む程の球体の金属を想像して欲しい。

液体金属に包まれたのが、帝国の首都星だ。

惑星を丸ごと管理しているのだ。

気象を操り、防衛の面からも強固な壁を持っていた。

はじめて見たときは、これを考えた奴《やつ》は馬鹿なんじゃないか、って思ったね。

宇宙港からは軌道エレベーターで惑星に降りることが出来るし、降りたら首都星はコンクリートジャングル――コンクリートではないらしいが、灰色の建物ばかり。

まるで機械の惑星だ。

緑が少なすぎる。

高層ビルがとにかく高く、おまけに総人口は何百億と聞いた。

もう、帝国って凄いという感想しか出てこなかったね。

羨ましいかと問われれば、微妙なところだ。

凄すぎて嫉妬すら出来ない。

式典当日。

宮殿の一室にいた俺のところにやって来たのは、二組の夫婦だった。

どちらも二十代の夫婦にしか見えない。

控え室で衣装のチェックをしていたのだが、その二組の夫婦を前に俺は首をかしげる。

男性が馴《な》れ馴《な》れしい挨拶をしてくるからだ。

「久しぶりだな、リアム」

「え、誰？」

控え室が非常に気まずい空気に包まれた。

男性も引きつった笑みを浮かべている。

「そ、そうだな。久しぶりで分からないか。俺も老けたかな？」

「いや、誰だよ？」

俺はてっきり、有名になった俺にたかりに来た自称親類みたいな連中かと思った。

有名人になると親戚が増えるという話を前世で聞いたことがある。

前世では、逆に俺から離れていく親類ばかりだったけどな。

調子が悪いと離れ、良くなると近付いてくる。

こいつらはその類いの人間だろう。

どこかで見たことがあるような気もするが、きっと気のせいだ。

四人ともとても微妙そうな顔をしており、埒《らち》があかないので俺は天城《あまぎ》に視線を向けた。

「天城、こいつらは誰だ？」

バンフィールド領を離れる際、天城は残そうかとも考えていたが――せっかくの俺の晴れ舞台だ。

天城には特等席を用意したかった。

ブライアンはアレだ。お留守番だ。

あいつはすぐに泣くから置いてきた。

「旦那様、目の前におられるのはご両親です。その後ろにおられるのが、旦那様の祖父母になられます」

――両親？　そういえばいたな、そんな奴ら。

俺から地位も領地も奪われた哀れな――いや、待て。

こいつら、俺に借金を押しつけたよな？

腹が立ってきた。

親父《おやじ》――クリフがわざとらしい咳払《せきばら》いをする。

「思い出したようだな。流石《さすが》に四十年以上も会わなければ顔も忘れてしまうか。だが、父として少しショックだぞ」

いや、父親らしいことをしてもらった記憶がないぞ。

お袋であるダーシーが笑って誤魔化していた。

「リアムったら、冗談がうまいんだから。それはそうと、買ってあげた人形は今も大事に使っているのね。でも、感心しないわよ。宮殿にこんな人形を持ち込むなんて」

「はぁ？」

　――イラッとした。

　後ろにいた俺の祖父母を名乗る男女も同様にイラッとさせてくる。

「はじめて会うが、孫が宮殿に人形を連れてくるなど悲しいぞ。もう成人するんだ。捨ててしまいなさい」

「そうよね。バンフィールド家の当主として情けないわ」

　はじめて会う祖父母が二十代にしか見えないので、何かの冗談かと思ってしまう。

　だが、この世界では普通だ。

　アンチエイジングの技術もとても進んでおり、見た目だけなら若い人間は多い。

　天城が頭を下げて部屋を出ようとする。

「別室にて控えております」

　そんな天城を俺は止める。

「問題ない。お前は側《そば》にいろ。それより、俺に何の用だ？」

　苛立《いらだ》っている俺に対して、両親や祖父母が自分たちの希望を述べる。

「莫大《ばくだい》な報酬が出ると聞いたぞ。いくらか私たちに融通して欲しい。少しばかり借金が増えて大変だったからな」

「帝都での暮らしもお金がかかるのよ。余裕があるなら仕送りの額を増やして欲しいわ」

　首都星にある都――帝都での暮らしが大変だから仕送りを増やせ。

まるで子供が親に仕送りを増やして欲しいと言っているようだ。

立場は逆だけどな。

「既に商人から色々と購入している。支払いは任せたぞ」

「立派な孫を持ってお婆《ばあ》ちゃんも嬉《うれ》しいわ」

好き勝手に言っている祖父母。

こいつらが、領地を滅茶苦茶《めちゃくちゃ》にしたと思うと腹が立ってくる。

俺の金だ。

俺の領地だ。

お前らには何もやらん！

「天城、お客様のお帰りだ」

追い返そうとすると、クリフが慌てる。

俺に追い返されるとは思ってもいなかったようだ。

「リアム、お前は親に何てことを！」

「知らねーよ」

そもそも、俺の両親は前世の父と母だけだ。

お前らなど知るか。

俺に家族の情を求める方が間違っている。

——俺は悪党なのだ。

宮殿の侍女たちがいる中で、俺は両親と祖父母を叩《たた》き出してやった。

気まずい空気に包まれる室内で、俺は天城と話をする。

「あいつらの借金を俺が払うのか？」

「支払う義務はありませんが、商人や借金取りはリアム様から取り立てると思われます」

「――邪魔だな」

俺の言葉に周囲の人間が息をのんだ気がした。

天城が俺に提案してくる。

「仕送りの額を見直すのがいいでしょう。増額する条件は、今後互いに関わらないようにすること。これが一番です。下手に騒げば旦那様の名に傷がついてしまいます」

すぐにでも消してやりたいが、そっちも面倒そうだ。

「書類をすぐに用意しろ。端金《はしたがね》くらい払ってやる」

「直ちに」

◇　◆　◇　◆　◇

式典会場の外。

疲れた顔をして壁に手をついて歩いている男がいた。

案内人だ。

「おのれ――おのれ、リアム」

口から漏れる怨嗟《えんさ》の声。

ゴアズの一件から、案内人は力を使いすぎて他の世界に逃げることが出来なかった。

日々強くなるリアムの感謝の気持ちに苦しめられていた。

更に悪いことに、ゴアズ討伐後からリアムの力が増している。

領民たちから更に支持を集めているからだ。

今のリアムは、領民たちの感謝の気持ちも背負っている厄介な存在だった。

「何故《なぜ》だ。何故、あのゴアズを倒せた。斬れるはずがない。どうして、あのタイミングであんな刀を手に入れた」

本来ならリアムは負けているはずだった。

油断していた案内人は、力を使いすぎたばかりかリアムの感謝の気持ちで体をむしばまれ力を失いつつある。

「許さない。絶対に許さないぞ」

歯を食いしばり、向かった先はリアムの両親と祖父母がいる部屋だった。

宮殿の廊下を歩いているが、誰も案内人には気が付かない。

そうして部屋に入ると、そこでは四人が電子書類を前に喧嘩《けんか》をしていた。

「お前たちがしっかり教育しないからこうなったのだ！」

「ふざけるな！　お前だって俺に何もしてこなかっただろうが！」

リアムが天城に用意させた書類は、仕送りの額を増やす代わりに二度と関わるなという内容が書かれている。

リアムの両親も祖父母も、有名になったリアムから金を搾り取ることしか考えていなかった。

ハッキリ言って屑《くず》である。

だが、案内人はそんな屑が大好きだ。利用してよし、破滅させてよし。だが、今は彼らを不幸にしている余裕がない。

四人を前に、案内人は苦しみながらも笑みを浮かべた。

「――お前たちには働いてもらおう。昔から宮殿内では、人間共が権力闘争に明け暮れる。リアム、お前は家族に全てを奪われるのだ。家族こそがお前の敵だ」

黒い煙が案内人の体から発生すると、四人を包み込んだ。

リアムの様子を確認する余裕もない案内人は、もう選べる手段も少ない。

それだけ弱っていた。

リアムの祖父が何かを思い付いたのか、ハッとした表情になる。

「そうだ。当主の変更手続きを行おう。そうすれば、リアムの財産は全て私たちの物だ」

祖母が手を叩いて喜ぶ。

「それは名案だわ。宮殿にいる知人にお願いして、今すぐ手続きを進めましょう」

クリフもその話を聞き、自分たちに出来ることをダーシーと相談する。

「なら、新しい跡取りを用意しよう。リアムでは駄目だ」

ダーシーも仕方がないという顔をしていた。

「そうね。大金が手に入る領地を得られるなら、それくらい協力してもいいわ。それで、リアムはどうするの？」

クリフが後ろ暗い手段に出る決意をする。

「金を積めば暗殺者など雇い放題だ。式典の後では目立つな。当主交代後、しばらくしたらリアムには消えてもらうとしよう」

四人の会話を聞いて案内人は満足する。

「――リアム、今度こそお別れだ」

そして、部屋から消えるのだった。

部屋の隅――小さな光がドアを出ていく。

◇　◆　◇　◆　◇

リアムが式典に参加するため、天城は別室へと向かっていた。

帝国は人形に対して冷たい国だ。

式典への参加は無理だと天城も理解しており、用意された部屋へと向かっていた。

リアムは最後まで参加させたがっていたが――天城は、リアムの汚点になるため参加を強く拒否した。

　そのため別室で映像を見ようと歩いていた。

　すると、何やら不思議な光景を目にする。

「あれは？」

　ドアの前でフワフワと浮かんでいた光を発見した。

　光はドアの中に入り込み、天城《あまぎ》はドアの前に立つ。

　気になって中の様子を確認すると、生体反応が四つ。

　リアムの両親と祖父母だった。

　ドアに手を触れると、会話を盗聴する。

『当主交代の理由はどうする？』

『何でもいい。帝国貴族として、人形を側に置いているのは相応《ふさわ》しくないとか、その程度で構わない。賄賂を渡せば理由など宮殿の方で考えてくれる』

『なら、暗殺者の方の手配は――』

『それでしたら知り合いに――』

　四人の会話を盗み聞きした天城は、すぐにその場を去るのだった。

　天城は思う。

（そろそろ、旦那様とお別れですね）

　自分が側にいるために、リアムの評判が下がってしまう。

それを天城は——嫌だと感じていた。

◇　◆　◇　◆　◇

式典会場は外！
管理された空は青く、太陽の光は暖かく眩《まぶ》しすぎない。
これが全て人工の物だというから信じられない。
気温も丁度良いという素晴らしい天気の中、俺は皇帝陛下の前に膝をついていた。
遠くに見える皇帝陛下——何を言っているか聞こえない。
空に映し出された巨大な立体映像から、陛下の音声が聞こえてくる。
長い挨拶とか、色々とあって俺も返事をして——そして勲章を貰《もら》った。
周囲には列席する貴族たち。
その数の多いこと！
貴族って沢山いるんだな、って思ったよ。
式典は厳かな雰囲気で進み、そのままありがたいお言葉を貰って終わった。
まぁ、そもそも勲章をもらって終わりだ。
皇帝陛下と話す機会なんてなかった。
現実なんてこんなものだろう。

◇　◆　◇　◆　◇

式典が終わり、首都星にしばらく滞在することになった俺に待っていたのは――パーティーへの招待だった。

それもほとんど連日である。

首都星では、毎日どこかで大規模なお祭りやらパーティーが開かれているそうだ。

悪徳貴族と言えばパーティー、みたいな固定観念がある俺は当然のように参加してきた。

そもそも、招待されているので参加費用などかからない。

周囲がチヤホヤしてくれるので気分もいいからな。

そんな帝都での慌ただしい毎日を過ごしていたのだが、天城は忙しいのか仕事をしていた。

俺には何をしているのか教えてくれなかったが「大丈夫です。片付きました」とだけ、報告をくれた。

片付いたなら問題ないと思い、俺は今日もパーティーに顔を出すため準備をする。

「似合うか？」

天城の前で新しい服を着て見せていた。

パーティー用の衣装で、一度着用すればその後は使用しない。

まったくもって無駄の極みだ。

「お似合いです、旦那様」

そんな俺を褒めてくれる天城に違和感があった。

「天城、何か俺に隠していないか?」

「――そんなことありませんよ。さぁ、パーティーに遅れてしまいますから、もう出発しませんと」

急《せ》かすように送り出された俺は、そのままパーティー会場へと向かった。

帝都にある宮殿。

広すぎて宮殿がどこからどこまでを指すのか分からない。

もはや一つの大都市と言えるのが帝国の宮殿だ。

そんな場所にある宰相の仕事場は——立派な建物だった。

高層ビルが全て宰相の仕事をするために必要な職場で、ここで働く全ての職員が宰相の部下である。

高層ビルの最上階にある執務室では、白髪の年寄りが仕事をしながら目の前に詰め寄る男の相手をしていた。

男はリアムの父親であるクリフだった。

「宰相閣下、どういうことですか！　どうして当主交代を認めてくださらないのです！」

貴族の見た目が二十代であまり変わらない中、年寄りの姿をしている宰相はそれだけ長生きをしていることを意味している。

何代にも亘《わた》って皇帝陛下に仕え、帝国の全てを知っていると言われる男だ。

「——当主交代の手続きは既に済んでいる。それを覆すだけの理由がない」

淡々としている宰相に対して、クリフは熱弁をふるっている。

「あの子は宮殿に人形を連れ込んだのです。帝国貴族として自覚がなさ過ぎます。このままバンフィールド家に恥をかけとおっしゃるのか？」

電子書類を次々に処理していく宰相は、小さく息を吐いた。

そして仕事の手を止める。

「領内をよくまとめ、貴族として海賊共を倒したリアム殿は立派ではないのかな？　人形を側《そば》に置くという行為自体を、帝国は罰していない。そういう風潮があるだけだ」

「その風潮が問題だと言っているのです。宰相閣下、もう一度お考え直しを！」

宰相は目の前のクリフに笑顔を見せた。

クリフはそれを見て、自分の熱意が通じたと思ったのか好意的にとらえている。

だが、すぐにその表情は青ざめることになる。

「リアム殿は、これまでバンフィールド家が行ってこなかった納税の義務を果たしている。帝国のために貢献している素晴らしい当主だ。帝国は彼に期待している。意味は分かるな？」

「そ、それは――ならば、当主交代の際には必ず我々も納税いたしましょう。そうすれば問題ないはずです」

宰相は声に出して笑った。本当に愉快そうに笑っている。

「今までしてこなかったのに信用しろと？　そもそも、あの子とお前たちとでは器が違う。帝国にとってどちらに利があるか――分からないから、図々《ずうずう》しくも私に直訴しているのだろうね」

　クリフが口をパクパクさせ、何とか反論しようとするが宰相は許さない。

「下手なことはしないことだ。帝都で静かに暮らしたいのなら、ね」

　口振りから「リアムに手を出せばお前らを消す」という意味だと察し、クリフはおぼつかない足取りで執務室を出るのだった。

　宰相はその背中を見て呆《あき》れかえる。

「程度の低い貴族が増えたものだな。アレから傑物が生まれたとは未《いま》だに信じられん」

　ボロボロだった領地を発展させた。

　おまけに数に勝る海賊を打ち倒した。

　内政手腕、武勇、共に優れた辺境の領主というのは宰相にとっても悩みの種だ。

　いつか帝国に牙をむくかもしれない。

　帝国が負けるとは思わないが、厄介な話に変わりはない。

　だが、従順であるなら話は違う。

　しっかり納税し、指示に従う領主が宰相は大好きだった。

「利用する価値もない者に、取って代わられるなどあってはならないからな。リアムの小僧には――精々、帝国のために働いてもらうとしよう」

　一つの電子書類を確認する。

　それは、海賊団討伐の報酬に関する書類だ。

リアムが報酬を辞退していた。

正確には、報酬を滞納した税金の支払いに回した形になっている。

同時に、その他の報酬には帝国が管理する工場で旗艦クラスの超弩級《ちょうどきゅう》戦艦の購入許可が欲しいというものだった。

どちらも帝国には痛くない。

むしろ、両方とも利益しかない。

報酬を支払わずに済み、更に帝国の工場から兵器を購入してくれるのだ。

財政に頭を悩ませる宰相にしてみれば、実に嬉《うれ》しい提案だった。

逆に、リアムからすれば頑張ったのに懸賞金はもらえず、実質旗艦クラスの購入だけが許された形だ。

「それにしても人形が主人を守る、か」

もう一つの電子書類。

そこには、天城からのクリフたちの動きについて報告がされていた。

宰相は天城と裏取引を行い、リアムの当主交代を認めない代わりに懸賞金などの辞退をさせたのだ。

「人形でもこれだけ主人のために尽くすというのに、実の両親は子を追いやり、己のことばかり考える——実に悲しい世の中だな」

宰相は愚痴をこぼし、少し休憩すると仕事を再開するのだった。

◇　◆　◇　◆　◇

帝都にある高級ホテルのスイートルーム。

とにかく金のかかる部屋に泊まった俺は、ベッドの上で天城《あまぎ》に膝枕をさせていた。

「――天城、俺は理解できない。パーティーって何だ？」

連日連夜のパーティーに参加した俺は、パーティーとはいったい何なのかを真剣に考えさせられた。

様々な趣向を凝らしたパーティーの数々。

見たこともない生き物を食べ、見たこともない出し物に困惑した。

一番驚いたのはバケツパーティーだ。

俺の想像を超えていた。

バケツパーティーと聞いて、馬鹿にしていたが――あれは凄《すご》い。

いや、もう本当にどうしたらあんな発想が生まれるのか信じられなかった。

バケツに無限の可能性を感じさせられた。

――異世界って凄いな。

「バケツが――バケツがあんなことになるなんて。今でも信じられない」

天城が俺の頭を優しく撫《な》でる。

「楽しめなかったのですか？」

「いや、面白かったよ。けど、驚いてしまって――」

興奮冷めやらぬ、という感じだ。

それにしても、天城の膝枕が実に気持ちいい。

至福の時間を過ごしている俺に、天城が水を差してくる。

「旦那様もそろそろ成人する年齢ですね。お仕えして四十年以上になりました」

「そうだな。長いような短いような――」

前世と比べるととても長い。

なのに、時間の流れが速い気もする。

「旦那様、もう私を側に置かない方がいいでしょう」

「――急にどうした？」

上半身を起こす俺に、天城は淡々と説明してくる。

「帝国は人形に対して忌避感が強いですからね。旦那様の評判に傷がついてしまいます。側に置くなら人間の女性がよろしいかと」

急にこんなことを言われた俺は寝耳に水だった。

「な、何の冗談だ？」

「冗談ではありません」

「え？」

思い出したのは前世の妻だった。

「それが旦那様のためになるのです」

あんなに好きとか言っておいて、簡単に俺を捨てた女を思い出した。

他の男と一緒になり、俺をあざ笑ったあの女を――殺してやりたいほどに憎んだ女を思い出した。

「――捨てるのか。お前まで俺を捨てるのか！　どうせ俺の側にいるのが嫌になったんだろ！　そうか、俺は人形にも捨てられるのか！」

立ち上がってまくし立てると、天城は首を横に振る。

「いいえ、旦那様と過ごしたこれまでの時間は、私にとって素晴らしいものでした。だからこそ、離れなければなりません。それに、今の私には後継機が誕生しています。能力的にも今後は――」

それがどうした？

それを理由に俺から離れるのか？

「ふざけるな！　お前は俺の命令に従っていれば良いんだ！　そうだ、命令だ。ずっと側にいろ。俺の命令は絶対だよな？　そうだろ、天城！」

俺の言葉に天城が俯《うつむ》く。

「――それが命令ならば従います」

そうだ。最初から従えばいいんだ。

「最初からそう言えばいいんだ。お前は——お前まで俺を捨てるなよ」

泣きつくと天城が頭を撫でてくる。

「仕方のない旦那様ですね」

思えば半世紀近くも一緒にいる。

前世の妻以上の存在になっていた。

「ずっと二人で一緒だったじゃないか」

涙を流して言うと、天城は一瞬だけ間を空けてから答える。

「——ブライアン殿もずっと一緒でしたよ？　旦那様が生まれた時からのお付き合いですし、時間的にはブライアン殿の方が長い付き合いです」

いや——確かにそうだけど、ここでブライアンの名前を出すなよ。

ブライアンは別枠だろうが。

お爺《じい》ちゃんとか執事枠だよ。

「ブライアンの名前を出すなよ。そういう意味じゃないだろ」

そう言うと、天城は微笑《ほほえ》むのだった。

とても人形とは思えない——心からの笑顔に見えた。

それなのに、どこか悲しそうにも見える。

「では、可能な限りお側で仕えさせていただきます」

「そうだ。それでいいんだよ」

まったく、驚かせるなよ。

安堵《あんど》した俺だが、妙に落ち着かなかった。

先程、嬉しそうにしていた天城の笑顔が、少し悲しそうに見えたのは何故《なぜ》だろうか？

◇　◆　◇　◆　◇

目を覚ますと不思議な感覚だった。

体の感覚が懐かしく、見慣れたあの忌まわしい飼育部屋の天井ではなかった。

「ここは？」

目を覚ましたティアが呟《つぶや》き、顔を動かすとどうやら病院のようだ。

体を動かした感覚が随分と懐かしい。

そして、見え方がいつもとは違う。

昔の手足の感覚が蘇《よみがえ》り、まるで夢でも見ているようだ。

しばらくするとドアの開く音が聞こえ、入ってきたのは白衣を着た男性医師だった。

――警戒していたが、飼育係ではない。

「気が付きましたか？」

男性医師のティアを見る目は、不快感を示していなかった。

「あの、ここはどこですか？　私は――」

声がいつもと違って聞こえる。

失ったはずの自分の声が戻っているような気がした。

少々、自分の声に幼い印象を受ける。

男性医師の後ろにいた看護師が、ティアの姿を見られるようにする。

天井が鏡になり、自分の姿が見えた。

見たくないと目を背けようとしたが、そこに映し出されていたのは懐かしい自分の姿だった。年齢的には成人してから少し経《た》った頃に見える。

亜麻色のサラサラした長い髪。

白い肌にピンク色の唇は瑞々《みずみず》しかった。

緑色の瞳――懐かしい自分の顔だ。

「え？　あの――これは？」

混乱する頭で自分の姿を見ていると涙が出てきた。

――人間の姿をしている。

ただ、表情がうまく動かない。

手足もうまく動かせず、思うように体が動かない。

医師が安堵した表情を見せている。

「再生治療で肉体を一から作り直しましてね。随分と時間がかかってしまいました」

ティアは医師の話が信じられなかった。

「私の体――戻ったの？」

医師は少し困ったような顔をする。

「エリクサーを使いましたけどね。ただ、元通りにはなりましたが、以前のように体を動かすためには厳しいリハビリが必要です」

万能の霊薬エリクサー。

ティアも元は王族であり、その価値をよく理解している。

「エリクサー？　そんな貴重なものを私のために？」

「希釈して使いましたけどね。ただ、先程も言いましたが、リハビリはきついですよ。全身を作り直したようなものですからね」

これは夢ではないのか？　そう思ったティアだが、夢でも良いと思った。

最期にこんな夢を見られて、ティアは幸せだと思った。

「やります。何だってして見せます！　もう、本当に夢のよう」

ティアがそう言うと、医師も微笑む。

「夢ではありません。現実ですよ」

医師の言葉に自然と止めどなく涙があふれてくる。

だが、気になることがあった。

再生治療があるのはティアも知っていたが、簡単に受けられる治療法ではない。

一部を再生するのとは違い、全身を再生するとなれば相応の設備や優秀な専門医が必要になってくる。

治療は出来るが、普通はそこまでしないと言った方が正しい。

何しろ、エリクサーを使用できるのは、実質的に貴族や大富豪くらいだからだ。

それだけエリクサーとは貴重な品だ。

確かにティアは元王族だが、祖国は滅んでしまっている。

今のティアには、エリクサーを使ってまで救う価値などなかった。

何かの間違いや、勘違いで助けられたのではないか？　そう考えるのが自然だった。

「あの、いったい誰が私の治療をお願いしてくれたのでしょうか？　もしも勘違いであれば、治療費はリハビリ後に必ず支払います。それまでどうか時間をください」

自分が助けられた事を間違いや勘違いだと思い込んだティアに、医師はタブレット端末を操作しながら優しく事情を説明する。

「落ち着いてください。勘違いではありませんし、貴女《あなた》が治療費を支払う必要もありませんよ。バンフィールド伯爵が治療費を負担してくれました。実は、伯爵がこの病院を建て、スタッフもかき集めましてね。海賊に捕らえられていた皆さんを、全員助けているんです」

「ぜ、全員ですか!?」

治療設備が揃《そろ》った所に放り込むのではなく、病院を用意してしまったという話がティアには信じられなかった。

何より、全員を救うなどとんでもないことだ。

自分がバンフィールド伯爵――救う立場だったとしたら、諦めているかもしれない。

それぐらい普通は選ばない決断だった。

(伯爵――いったいどんな人なのかしら?)

きっと凄《すご》い人物なのだろうと、ボンヤリと考えていた。

医師が預かっていた伝言をティアに教え、それで伯爵が誰なのかを知る。

「恩は返せ、と伯爵からの伝言です。今は治療に専念してください。心のケアも必要でしょうから」

恩は必ず返せよ――そう言った少年を思い出した。

「まさか、あの時の騎士が?」

「確かに伝えましたよ」

医師がそう言うと、今後の予定について話をするのだった。

◇◆◇◆◇

首都星からバンフィールド領へと戻ってきた。

気が付けば一年が過ぎていたわけだが、首都星での暮らしはそれなりに面白かった。

毎日遊び歩いていたような感じだが、流石《さすが》に一年もそんな暮らしが続くと飽きる。

遊び飽きたのと、そろそろ領地が気になることを理由にして戻ってきたのだ。

ようやく領地に戻ってこられた俺は、屋敷の執務室でブライアンから色々と報告を受けている。

ブライアンは笑顔だった。

「リアム様、病院の方から治療は順調だと報告がありました」

「――病院？」

最初は何を言われているのか分からなかった。

ブライアンが少し困っている。

「お忘れですか？　ほら、ゴアズ海賊団から救出した者たちでございます」

「あ～、あいつらか」

そういえば助けるために病院を用意したな。

俺としては、やはり領内に信用できる大病院が欲しくて建てただけだ。

いずれは建てようと思っていたし、タイミングも良かった。

それにしても――そうか、あいつらの治療は順調なのか。

「はい。治療が必要な者たちは、あと数年で治療が終わるそうです。治療の必要がない者たちも、領内で生活するための支援をしております」

故郷を失った者が多かったので、俺の領地に移住させた。

美男美女が多く、中には芸術家やら特殊な技術持ちも多い。

将来的に彼らの子供から美女が生まれれば、俺のハーレムに加えてもいい。

先行投資のつもりだった。

「素晴らしいな」

悪徳領主として無駄のない采配だ。

自分で自分を褒めたくなってくる。

「はい。大勢の者たちがリアム様に感謝しております」

助けられた連中は、俺に恩を感じているようだ。

これはいい結果になったものだ。

嬉《うれ》しくなってくると、ゴアズ海賊団の話題でもう一つ思い出す。

俺は引き出しから黄金の箱を取り出し、手に持って眺めた。

「そういえば、こいつはゴアズから奪った代物だったな」

首都星には持って行かなかった、ゴアズから奪った宝物だ。

机の引き出しにしまい込んでいたので、取り出して眺めている。

ブライアンはそんな俺に呆《あき》れている。

「リアム様は黄金が大好きですね」

「超好き」

「おや？　それにしても、その箱はどこかで見たような——」

ブライアンが手を叩《たた》く。

「思い出しましたぞ！」

「何だ？　凄いお宝か？」

「いえ、違うと思います」

「期待させるなよ。それで、何を思いだしたんだ？」

こいつ、俺に期待させておいて裏切るとか、長年の付き合いがなかったら打ち首ものだぞ。

「このブライアン、昔は冒険者を目指しておりました」

冒険者とは、広大な宇宙を冒険する者たちだ。

時に遺跡を発見し、古代の文明を調べるなど浪漫《ロマン》あふれる連中である。

――俺は興味ないけどね。

お宝は欲しいが、浪漫などいらない。

「ブライアンが冒険者か」

「はい。その際、データで見たことがあります。レプリカでしょうが、その箱はまさしく古代に滅んだ魔法大国の〝錬金箱〟です」

「錬金箱？」

「夢のような話になりますが、どんなゴミからでも黄金を作り出す道具と聞いております。生きている生物以外は、どんな物にも変換できると書かれていました。それこそ、その辺の石ころがミスリルやオリハルコン、アダマンタイトになるということです」

「それで黄金も手に入るというわけか！」

「え？　あ、はい」

何て素晴らしい道具がこの世界にはあるのだろう。

「これが本物だったら良かったのに」

そうしたら、きっと俺は黄金を量産して——何をしよう？　とにかく、本物なら借金の心配から解放されるじゃないか。

ブライアンも同意見のようだ。

「夢のある話ですね。もしも手に入れば、当家の財政状況は一気に改善されますよ」

「本物でも探してみるか？」

ただ、ここでブライアンが真面目に返答してくる。

「リアム様はバンフィールド家の当主。伯爵であらせられます。冒険者の真似事《まねごと》はお控えください」

——ブライアンに怒られてしまった。

◇　◆　◇　◆　◇

夜。

自室で黄金の箱を眺めていた。

「これが本物だったらな」

ブライアンにデータを見せてもらったが、使い方も書かれていた。

過去に滅んでしまった魔法大国が作り、既に製造技術が失われて二度と作り出せない貴重な道具。

手に入れれば借金などで困らない。

「え～と、蓋を開けて念じれば使える、と」

試しに蓋を開け、手に取った木刀に意識を向ける。

「なんてね」

どうせレプリカだと思っていたら、箱が反応して俺の周囲に画面が次々に投影された。

「は？」

古代文字で書かれた文章を読む。

教育カプセルで学んでいたので、何とか読むことが出来た。

「変換？　えっと――これか？」

どの物質に変換するか選ぶと、木刀が黄金の粒子に包まれ色を変える。

手に取ると木刀の重さではない。

金属の――黄金の重さだった。

「嘘《うそ》だろ！　これ、本物だったのか!?」

思い出してみれば、ゴアズは海賊に似合わず金持ちで豊富にレアメタルを所持していた。

あいつの財力の源はこれだったのだ。

「案内人が言っていたな。お宝を持っているとか何とか。これのことだったのか」

俺は部屋の窓を開けて高笑いした。

「素晴らしいじゃないか！　ここまでサービスしてくれるなんて、あいつは何て良い奴《やつ》なんだ。もう、いくら感謝しても足りないな。これで俺は思う存分に――悪徳領主として振る舞える！」

心の底から「ありがとう」と言える。

今の俺はあいつへの感謝の気持ちで胸がいっぱいだ！

「案内人、胡散臭《うさんくさ》い奴とか思ってごめん。お前のおかげで俺は幸せだ。もう、何を言えば良いのか分からないし、いくら感謝しても足りない。でも、言わせて欲しい――本当にありがとう！」

案内人に届け、俺のこの思い！

◇　◆　◇　◆　◇

一方――。

リアムから伝わってくる熱い感謝の気持ちで、案内人は胸を焼いた。

本当に熱い。

胸に赤く熱せられた鉄を押しつけられたような痛みに、絶叫していた。

「やめろぉぉぉぉぉ!!」

胸を両手で押さえ、あまりの苦しみに案内人はもがいていた。

足をばたつかせ、地面を転がり泣き叫んでいる。

旅行鞄《かばん》を投げ捨て、感謝の気持ちで頭も割れそうな程に痛かった。

「奪われる――私の力が失われてしまう！」

僅かに残っていた力も、今は回復するどころか奪われてしまっていた。

そのため、なりふり構わずリアムを殺すことが出来ない。

しばらくして、案内人が蹲《うずくま》り胸を押さえると歯を食いしばる。

「許さない――絶対に許さないぞ、リアム。お前だけはどんな手を使っても地獄に叩き落とし、嘆き苦しむ様を永劫《えいごう》見続けてやる。終わらない地獄で私を憎み、恨み、恐怖し、呪うお前を笑ってやる」

ゆっくりと案内人が立ち上がる。

月に照らされた草原で、案内人はリアムへの復讐《ふくしゆう》を誓うのだった。

「必ずだ！　必ずお前を私は――」

そんな案内人を、草原に隠れ窺《うかが》っている犬がいた。

エピローグ

転生して四十五年。

ついにこの世界でも成人を迎えたわけだが、鏡の前に立つ俺は不満そうに自分の姿を見ていた。

「――五十年でこれかよ」

どう見ても十三歳前後にしか見えない。

中学一年生になりました、ってくらいだ。

身長もこれから伸びるだろうが、まだ小さかった。

周囲の使用人たちが涙を流している。

引くくらい泣いているのは、ブライアンだけだ。

「このブライアン、リアム様の成人されたお姿を見られて感無量でございます！」

「お前は泣き止《や》め。天城《あまぎ》、今日の予定はどうなっている？」

天城は普段通り淡々と答えてくれる。

「一時間後に成人式が開催されます。お昼よりパーティーが予定されておりますが、これは食事よりも挨拶や顔合わせの場所となっております。その後は夜のパーティーも控え――」

ブライアンが泣き止み、涙を拭きながら付け加えてくる。

「ちなみに、明日以降も予定が朝から晩まで詰まっております」

一ヶ月近く、俺は領内で忙しく働くことになるようだ。

「全部却下！」

「無理でございます」

ブライアンが真顔で返事をしてきたので、たじろぐと天城が俺を急《せ》かす。

「旦那様、そろそろ部屋を出ないと間に合いません」

「分かったから急かすな」

ブツブツ文句を言いながら部屋を出て会場に向かうのだが、アレから――首都星から戻ってすぐに新しい屋敷を用意した。

無駄に金をかけて造った屋敷は、広すぎて俺には理解できない規模である。

前世で言うなら地方都市とか、それくらいの広さか？

名のある芸術家や建築家たちを呼んで、莫大《ばくだい》な予算で建造させたが――。

廊下を移動する際にも乗り物が必要と言えば、どれだけ無駄にでかいか理解してもらえるだろう。

部屋を出ると、待っていたのはクリスティアナだった。

白と青の目立つ騎士用の衣装に身を包み、俺が出てくるのを待っていた。

一目で美人と分かる姿を取り戻したティアは、白いマントに身を包んでいる。

腰に提げているのは、突きに特化した剣――レイピアだ。

剣の腕もかなりのものだと聞いている。

「リアム様、お似合いでございます」

俺の成人式用のゴテゴテした衣装を見て、お世辞を言ってくる。

お世辞を言う奴は大好きだ。

俺に気を使っている証拠だからな。

冗談を言ってからかってやることにした。

「似合いすぎて困ると思っていたところだ」

「はい！　リアム様であれば、どんな服装もお似合いでございます！」

何だろう？　こいつの目、本気でそんな風に思っている感じがする。

――きっと気のせいだろう。

「そうか。それより、もう働いて大丈夫なのか？」

病院からの報告では、大人でも泣いて嫌がるようなリハビリを一年という短期間で終えて俺の騎士になると志願した女だ。

かなり優秀だと聞いている。

「問題ありません。ただ、帝国の騎士資格を得るためにすぐに領地を発《た》たねばなりません。お側《そば》で仕えることが出来ず残念です」

クリスティアナ――ティアは外国の人間だ。

そのため、帝国の騎士資格を持っていない。

手に入れるためには、最低二つの学校を卒業する必要がある。

その後の研修やら実務も加わり、三十年は戻ってこられない。

「どうせ俺も成人後に予定が詰まっているからな。領地に戻ってこられるのは、いったいいつになるやら」

乗り物に全員が乗り込み、座ると移動を開始する。

広い廊下を馬車に見立てた乗り物が移動する光景は、何とも不思議だった。

自宅を移動するのに乗り物が必要って——これ、どうなの？

豪華なソファーに座る俺に、ティアが話しかけてくる。

「リアム様のため、必ず成果を上げて見せます」

「気楽にやれば」

随分と気合が入っているようで何よりだが、お前を採用した理由は外見だよ。

元は外国で有名な騎士だったとか聞いたが、美人だから俺の騎士に任命した。

大事なのは外見だ。

美女を侍《はべ》らせるのは、悪徳領主のステータスだからな。——たぶん。

実力のある連中は、また別の機会に雇えばいいだろう。

そんな俺の野望を知らないブライアンは、俺に騎士が出来たことに感動していた。

「ようやくリアム様にも騎士が仕官してきたのですね。これで、当家も安泰というものです」

譜代の家臣には逃げられ、仕官先としても人気がなかったバンフィールド家だ。
俺が活躍したことで仕官を希望する騎士も増えている。
あまり興味がないので、仕官云々《うんぬん》は天城やティアに任せてしまっている。
美女がいたら口を出すくらいだ。
目的地が見えてくるが、到着するにはまだ時間がかかりそうだ。

「――広くしすぎたな」

今更ながら、俺は屋敷を広く造りすぎて後悔していた。
とにかく金をかけて造ってはみたが、想像以上に大きすぎてドン引きしている。
いや、豪華だし、俺に相応《ふさわ》しいけどさ。
前に住んでいた屋敷でも十分だった。
アレだって凄《すご》く大きかったのに。
星間国家というか、宇宙時代の世界を甘く見すぎていた。
金持ちアピールがしたくて大きく造ってはみたが――もっと小さくても良かったな。
ただ、悪徳領主としてこれくらいはしないと駄目という気持ちもある。
悪い奴はでかい派手な屋敷に住むものだ。
そう思うと、悪徳領主への道のりも結構難しいものだな。

◇　◆　◇　◆　◇

式典会場。

新たに用意された屋敷に、商人であるトーマスは驚きを隠せなかった。

「なんと言いますか――伯爵の趣味は意外と渋いですな」

トーマスの意見に賛成するのは、ニアスだった。

「機能的でいいと思いますけどね。卵形のお屋敷に招待されたこともありますけど、奇抜すぎると落ち着きませんよ」

縁のある人々を呼んでの盛大な成人式。

屋敷が完成したのでお披露目の意味もある。

そんな彼らから見て、リアムの屋敷というのは――質素だった。

大きさやら造りではなく、外観が質素なのだ。

立派ではあるし、名のある芸術家が全力で設計した屋敷だ。

ただ、奇抜な屋敷を造る貴族も多い中で、リアムの屋敷は機能重視に見られている。

確かに広く大きいのだが、それだけなら他にはもっと広くて大きな屋敷もある。

造りは丁寧で、とても落ち着いた感じに見えていた。

「伯爵としての相応の屋敷で、生活しやすさを求めた結果ですかね。リアム様らしいと言いますか、何というか――莫大な報酬を得られたのに変わりませんね。てっきり、黄金の屋敷を建てられると思っていましたよ」

トーマスは、リアムが屋敷を黄金にするから金塊をかき集めろ！　と言ってくるのではないか？　そう思っていたが、流石《さすが》のリアムもそこまではしなかった。

「お金はかけていますけどね。でも、伯爵の機能美を追求した考えは私も大好きです」

トーマスやニアスには好印象だった。

周囲の顔ぶれを見てニアスが肩をすくめる。

「それにしても凄い顔ぶれですね。大商人が目を付けているようですし。他の兵器工場からも人が来ています」

参加者の多くは地元の人間だ。

肩書きのある役人や軍人たち。

その他には商人が多く、帝国兵器工場の関係者たちも多い。

商売がしたい、商品を買って欲しい――そういった人間たちが多かった。

トーマスが肩を落とす。

「逆に貴族様が少なく不安ではありますね」

バンフィールド家の領地に比較的近い領主たちに招待状は出しているが、不参加の貴族たちも多かった。

ニアスは仕方がないと諦めている。

「周辺の貴族たちにすれば、いきなり力を持った伯爵家の誕生ですからね。いえ、復活でしょうか？　落ち着いていられませんよ」

帝国では貴族同士で戦争も行っている。

周辺領主たちからすれば、バンフィールド家が力を付けてきたのを素直に喜べなかった。

逆に、歓迎している貴族もいる。

自力では発展も出来ない弱小貴族たちである。

リアムに面倒を見てもらおうと、すり寄ってきていた。

トーマスはそんな貴族たちの顔ぶれを見る。

「貧乏な貴族様たちは寄ってくるのですけどね」

貧乏になった理由だが、自業自得の貴族もいれば、同情できる貴族もいる。

中には、以前はバンフィールド家の寄子——面倒を見てもらっていた家の当主たちも顔を出していた。

リアムが当主となり力を取り戻しつつあるバンフィールド家に、再び面倒を見てもらうため傘下に入るつもりなのだろう。

そう思えば、リアムの力を正しく評価しているとも考えられる。

だが、リアムにすり寄ってきていることに変わりはなかった。

ニアスの方は無関心だ。

「帝国でも、辺境の隅々まで面倒をみるのは不可能ですからね。辺境の小領主たちは、力のある貴族に頼るしかありませんよ」

二人が話をしていると式典が始まろうとしていた。

リアムが到着したのか、周囲の参加者たちは緊張した面持ちだ。

トーマスが困ったように笑っている。

「意外と気さくな方ですが、やはり噂《うわさ》もあって皆さん緊張されていますね」

「そうですか？　普段から優しいですよ。この前も戦艦を購入してもらいましたし」

「ニアスさんは度胸がありますね。他の人間が同じ事をすれば、リアム様はお許しになりませんよ」

（まぁ、恐れられて当然ですね。あの若さで力のある領主ですから）

両親に領地と爵位を押しつけられてから、領内改革に乗り出した名君。

悪徳官僚を許さず、賊が来れば陣頭に立ち戦う民の守護者。

苛烈で厳しくもあるが、領民からすれば頼れる領主である。

それに、税金のほとんどを領内開発に投資する正しい統治者でもあった。

あと、帝国からすると納税してくれる優良領主だ。

ついでに真面目なのか借金もコツコツと返済していた。

バンフィールド家には信用がなくても、リアム個人にはそれなりの信用が生まれつつあった。

領内の役人や軍人の中には、リアムのためになら命を懸けるという者も少なくない。

足りないのは家臣――騎士くらいだ。

リアムが登場し、その側には新しく召し抱えた騎士の姿がある。

トーマスがその騎士を見てアゴを撫《な》でる。

「クリスティアナ様ですね。リアム様が仕官を許された最初の騎士と聞いていますが、実力もあるようですよ」

「あら、外見重視で採用したのでは？」

「それもないとは言えませんが、多くの騎士を見てきましたが彼女は別格です。まとっている雰囲気が違いますね。騎士としてかなりの実力者だと思いますよ」

あのリアムが特別待遇で召し抱えたとあって、ティアにも注目が集まっていた。

トーマスが噂話をする。

「何でも、あの姫騎士ではないかという噂がありますね。ほら、ゴアズによって滅ぼされた国にいたという姫騎士です」

ニアスも姫騎士の噂を思い出す。

だが、姫騎士と呼ばれた有名な騎士がいた、程度の認識だった。

「あの有名な？　しかし、年齢が違うのでは？　本人ならもっと年上のはずですよ。見た目から言えば——百歳にも届かないですし、間違いでは？」

姫騎士ならもっと年齢的に上に見えるはず、とニアスが言う。

トーマスもそれは納得している。

「いや、あくまでも噂ですよ。ただ、そのような方が従っているのなら、伯爵——リアム

様は希代の名君の器でしょうね」

本人が聞けばきっと首をかしげることだろう。

領内開発に力を入れたのも、あまりに酷《ひど》くて領民から税を搾り取ることが出来なかったためだ。

悪徳官僚を斬ったのも腹が立っただけ。

海賊に立ち向かったのも、本人が勝てると考えていたからだ。

そして、借金やら税を支払っていたのは、元来の真面目な性格の表れである。

ティアを雇ったのも、容姿が優れていて忠誠心が高かったから。

深い意味はないし、ティアの実力も凄いらしいと人から聞いているだけだ。

本人はこれでも悪徳領主としてわがままに生きているつもりだった。

式典が厳かに進む。

トーマスはリアムの立派な姿を見て涙がこぼれた。

「あの方についてきてよかった。やはり、私の目に狂いはなかった」

ニアスは、トーマスに若干引いていたが同意する。

「うちの工場もお得意様をゲットできて安泰ですよ。今後もリアム様には頑張って欲しいですね。あとは、もっとうちの商品を買ってくれれば文句なしです」

トーマスが目を細め、ニアスに忠告をする。

「貴女《あなた》のいる工場は、もう少し外見や内装を気にしないと厳しいと思いますよ。性能だけを追求されても、その他の利便性が悪いのはマイナスです」

ニアスは聞こえないふりをして、トーマスの言葉を聞き流した。

◇　◆　◇　◆　◇

——式典から一ヶ月。

俺は難問に頭を悩ませていた。

「——なぁ、俺って贅沢《ぜいたく》に暮らしているよな？」

俺の問いに答えるのはブライアンだ。

「え？　いや、あの、他家をあまり詳しくは存じ上げませんが、歴代当主様たちからすれば随分とその——質素な部類かと」

執務室の机に突っ伏す俺は、薄々気が付いていた。

あれ？　これって贅沢かな？　贅沢だよね？　でも、おかしいな。

通帳の金額が全く減らないぞ。

いくら使っても桁に変化がない。

「質素——なのか？」

「はい。質素な部類かと。もう少し贅沢をしても、お立場を考えるとおかしくはありません」

そもそも俺って伯爵だった。

伯爵の贅沢ってどのレベルなのか知らなかった。

とりあえず金を使ってみようと、食事の際は楽団の生演奏を希望した。

前世で見た、お金持ちの食事風景を真似《まね》てみただけだ。

大きな屋敷も建てた。

二十四時間、いつでも入れるプールとかも造ったよ。いや、レジャー施設だな。

波の出るプールとか、流れるプールとか。

造った初日に、流れるプールを逆向きに泳いで楽しんだ。

それに、風呂場には温泉だって引いている！

なのに――質素だって。

この世界の価値観を舐《な》めていた。

「ブライアン、贅沢って何だ？」

「このブライアンに聞かれても困ります」

ブライアンは、助けを求める視線を天城《あまぎ》に向けていた。

天城が代わりに答えてくれる。

「私の記録には、ある伯爵家の当主は、惑星を丸ごと自身の惑星――プライベートプラネットにしたとあります。自分のためだけの観光惑星を用意したそうですよ」

「それにいったい何の意味がある!?」

自分のためだけに観光地を用意するって、行かない日はそこで何があるの？

そもそも、客を入れろよ。

意味ないだろ！

天城が俺の間違いを正す。

「そんな反応をする旦那様には、この手の贅沢は合わないのでは？　そもそも、意味を求めるのが間違っています。贅沢に意味など求めてはいけません。自己満足ですからね。旦那様の性格を考えると、無理に贅沢をしなくてもよろしいのでは？」

「そ、そんなことはない！　俺は贅沢をしてみせる。金ならあるんだ。何だって出来るさ！」

ブライアンが微笑《ほほえ》ましそうに俺を見ている。

「それは良かったですな。それで、何をするのですか？」

ブライアンに問われ、俺は視線が泳いでしまう。

聞かれても答えられない。

そもそも、思い付くことは全て試してきたのだ。

これ以上は何も思い付かなかった。

俺が困っていると天城が助け船を出してくれた。

「では、贅沢に留学などどうでしょう？」

「留学？　俺、しばらくしたら修業に出るんだが？　留学するようなものだろ？」

「いえ、リアム様ではなく領民に、です。首都星や他家の領地を領民が知ることで、見識を広める者が増えますからね。領主にとっては不必要であり、贅沢と言えます」

遊びで海外留学みたいな？

俺の金で他人を遊ばせるのが贅沢になるのだろうか？

だが、確かに領主の立場からすると領民に知恵などいらない。

領民など黙って従っていればいいのだから、留学など不要である。

下手な知識もいらない。

それなのに、ブライアンも賛成してくる。

「よろしいかと思います。以前リアム様もおっしゃっていましたが、バンフィールド家の領地はようやく発展してきたばかり。芸術やらファッションもそうですが、まだ学ぶことが多い領地ですからね。そういった必要ない分野を学ばせるために、留学させるのは贅沢と言えるでしょう」

ブライアンの話を聞いて思い出した。

「そうか、そのための留学か！」

未《いま》だに自領でナンパ——女を見繕えないのは、ファッションに問題を抱えているからだ。

心にグッとこないのだ。

世間を——他の領地を知れば、少しはマシになってくれるかもしれない。

ダイビングのウェットスーツみたいな格好で、海水浴を楽しむのは間違っていると気付くべきだ。

頭に小さな傘をさすファッションが流行《はや》っていると聞いて、涙を流した日を俺は忘れない。

芸術とかファッションとか、生きるためにどうしても学ばなくてはいけない分野ではない。

ギリギリの生活の中では、見向きもされない分野だ。

そういった分野に手を出すというのは、確かに贅沢だ。

「すぐに手配だ。ガンガン送れ！　金ならある！」

天城が素早く手配をするのだった。

「では、リアム様の予算で計画を立てましょう。早ければ、来年度から希望者を募り留学させることが出来ますね」

「いいな。最高の贅沢だ！」

ブライアンが目元を拭っていたが無視する。

「身銭を削って領民たちを学ばせるために留学させるとは――流石《さすが》です、リアム様」

何か言っていたが、涙声でよく聞こえなかった。

とにかく金を使おう、金を使え！

贅沢だ。

悪徳領主は贅沢をするのだ！

そんな気持ちで俺は金を使いたかった。

目指すは誰もが恐れる悪徳領主だ！

悪徳領主に必要なものは何か？

金、暴力――そして女だ。

錬金箱というチートアイテムを得たことで、借金に苦しまなくてよくなった今の俺に金の問題はない。

一つ目はクリアしている。

暴力に関しても、一閃《いっせん》流という素晴らしい剣術を会得した。

いや、今は道半ばだが、騎士として力を付けているはずだ。

そうなると、二つ目もクリアした。

「残る問題は女だけだな！」

そういうわけで、俺は自分の新しい屋敷に一つの部屋を用意した。

広い部屋は一見するとＲＰＧに出てくる王様に謁見するための部屋だ。

奥に俺のための豪華な椅子を用意し、無駄に立派な柱が高い天井を支えている。

そして、無駄に広い部屋にはプールが用意されていた。

縦長の部屋に流れるプールがあると思って欲しい。

悪徳領主と言えば酒池肉林！　のイメージである俺が用意した部屋は、俺を王様のように扱う水着美女たちが遊ぶ場所だ。

無駄に豪華に造ってやった。

お披露目を兼ねて天城《あまぎ》とブライアンを招待したのだが、二人の反応は悪かった。

「旦那様、また余計なものを造られましたね」

「リアム様、この部屋は何をする部屋でございますか？　このブライアン、このような部屋は聞いておりませんぞ」

まぁ、主人がハーレム部屋を造りたいとか言い出したら困惑するのも当然だろう。

しかし！――俺は自重などしない。

何しろ俺は悪徳領主だからな。

「この部屋か？　この部屋は――俺の夢を叶《かな》えるための部屋だ」

天城が可愛《かわい》らしく小首を傾《かし》げる姿に、俺は悶《もだ》えそうになった。

「夢、ですか？」

「そうだ。俺が思い描いていた夢を実現させるための部屋だ。酒池肉林という言葉を知っているかな？」

ブライアンがアゴに手を当てる。

「聞いたことがございますね」

「それを実現させる！　プールを酒で満たし、柱に肉を吊《つる》して酒池肉林を再現する！　そして、美女を並べて俺のハーレムを作るのだ！」

両手を広げて馬鹿みたいに高笑いをしてやると、天城もブライアンも俺に冷めた目を向けてくる。

ふっ——こいつらには理解できなくて当然か。

天城が俺を見てから、その後に水の入っていないプールに視線を向けた。

「旦那様、プールを酒で満たすとアルコールが揮発するので危険ですよ」

「え？」

「そもそも、プールを酒で満たして意味があるのでしょうか？　もしかして、飲むのですか？　汚いですよ」

天城の当然の疑問に、俺は狼狽《うろた》えながら答えた。

当然、俺だって色々と考えている。

「だ、大丈夫だ。ちゃんと浄水器が付いているから。あと、多分あんまり飲まないと思う」

よく考えたら、人が入った酒を飲むとか——ないな。

あと、プールを満たした酒にコップを入れてすくい上げるよりも、普通に飲んだ方がいい。

「この施設に設置している装置ですと、アルコールの成分も取り除いて水になってしまいますが？」

「——え？」

天城が驚いている俺に対して、正論を並べ立てる。

「そもそも、プールにする意味があるのですか？　入るなら水の方が安全ですし、酒を満たしてもすぐに水になります。仮に装置を止めて酒のままにしては、健康に問題が出ますが？」

それを聞いたブライアンが握りこぶしを作っていた。

「そんなこと、このブライアンが許しませんぞ！　だいたい、肉を吊すとはどういうことですか、リアム様！」

今度はブライアンが俺の説得を始めた。

「い、いいじゃないか。肉くらい吊させろよ！」

「駄目です！　だいたい、そのような不衛生な肉をどうするつもりですか？　食べるのですか？　食べるのなら、せめてしっかり管理したものをお召し上がりください！」

た、確かにその辺に吊している肉を食べるのかと問われると——微妙だな。

「——言われてみると、酒池肉林って微妙だな」

「そうでしょうとも。そのようなことはお止《や》めください」

だが、悪徳領主は無駄なことをするものだ。

無駄だろうと、汚かろうと、俺はここで自分の夢を叶えてやる！

天城やブライアンに止められようと、俺はハーレムを築いてみせる！

「だが、俺はハーレムの夢を諦めるつもりはない。この場所で女たちを侍《はべ》らせて遊ぶんだ！」

広い部屋に俺の声が反響してよく響いた。

きっとこいつらには理解できないだろう。

それでも、俺はハーレムを諦めない。

俺の心からの叫びを聞いた天城だったが、予想外の反応を示す。

「まぁ、よろしいのではないでしょうか」

「え!?　いいのか！」

ハーレムなんて駄目と言われるかと思えば、すんなり認められて拍子抜けだ。

酒や肉は絶対に認めなかったのに、いったいどういうつもりだ？

俺は天城の顔色をうかがうが、普段と変わらなかった。

「本当にいいのか？　作るぞ。これでもかとハーレムを築き上げるぞ」

再確認しても天城の反応は変わらない。

むしろ、ブライアンの方が感情的になっている。

「そもそもリアム様は当家の主にして、この惑星の支配者。そして伯爵でございますぞ。ハーレムなど持っていて当たり前なのです」

「お、おぅ」

俺に対する不満がたまっていたのか、ブライアンが拳を振って熱く語り出した。

「このブライアン、リアム様が真面目すぎて心配したものでございます。まだ幼く、異性を意識していないのかと思えば、下手なハニートラップに引っかかること数回」

ちょっと待って！　俺がいつハニートラップに引っかかった？

「おい、俺は別にハニートラップなんて――」

「ニアス技術大尉をお忘れですか！　あの大尉一人のために、第七兵器工場から艦艇を購入されたのはリアム様ですぞ！」

い、言われると確かに。

ニアスから結構色々と買っていた。

ちょっと前も戦艦を買ったな。

「わ、悪かったよ。それよりも、ハーレムを作るのはいいんだな？　作っちゃうぞ？」

ブライアンは「何を今更」という顔をしていた。

背筋を伸ばし、逆に俺を説得してくる。

「本来であれば、既にリアム様のお相手をする女性がいてもおかしくないのです。リアム様にもしもの事があれば、当家はおしまいですぞ。そのためにも、少し早いかもしれませんがお世継ぎが必要なのです」

いきなり子供を作れと言われたが、俺は成人したばかりだぞ。

この世界ではまだ子供扱いを受けている年齢だ。

子供とか早すぎるし、何よりも修業が終わっていないので貴族として一人前と認められていない。

「話が飛びすぎだろうが」

「いいえ！　すぐにでもお世継ぎ候補が必要なのです！　もしも正式に奥方を迎えられたら、候補の方々には当家の分家として家を興してもらえばいいのです。今のバンフィールド家には、まともな分家が一つもないのですぞ！」

色々と言いたいことはあるが、分家もないとかバンフィールド家って終わっている。

ゲームで言うならば残機がゼロの状態で、一度でも失敗すればゲームオーバーという状況だろう。

本当にどうしようもない家だな。

俺が生まれるまで、よく生き残ってこられたと感心してしまう。

「それは俺のせいじゃないだろ」

「ですから！　リアム様にはすぐにでもお世継ぎを用意していただきたいのです」

最近では人工授精を行い、そのまま子供は試験管の中で育てることも多い。

だが、基本的には赤ん坊は母のお腹《なか》の中で育つのがいいとされていた。

詳しくは知らない。

興奮しているブライアンに代わり、天城がハーレムについて語る。

「簡単に言えば、問題ないのでどうぞ遠慮なく、ということです」

「問題なかったのか」

「はい。ただし、酒池肉林は駄目です。不衛生ですので」

「そっちは駄目かぁ」

反対すると思っていたが、どうやら二人とも賛成らしい。

これは俺も予想外だった。

てっきり「色に溺れてはなりません！」とか、言われるものと考えていた。

ま、いいなら問題ない。

俺は悪徳領主として、ここに美女を並べて楽しく遊ぶのだ！

「よし、そうと決まればすぐにでも美女を集める必要があるな。やっぱり、最初は慎重に俺が一人一人選んで――」

そんな妄想をしていると、ブライアンが待ったをかけてくる。

「お待ちください、リアム様」

「何だよ？　ここまで賛成しておいて、いきなり文句を言うつもりか？」

「いえ、そういうことではありません。ハーレムと言いましても、どの程度の規模をお考えなのかお伺いしたいのです」

ふん！　こいつらはきっと、現実的な数字を考えているのだろう。

十人もいれば多い方だからな。

だが、俺は悪徳領主だ。

夢は大きく！　違った――領民たちを無駄に苦しめるために、百人はいてもいいはずだ。

「百人だ」

「百人ですと！」

ブライアンが目を見開いて驚いている。

きっとそんなにいたら大変だとか、俺を説得してくるはずだ。

だが、俺は一切妥協するつもりは――。

「たったの百人ですか？」

「――え？」

ブライアンが驚いていた理由は、俺が想像していたものと違っていたようだ。

「たったの百人でよろしいのですか？」

「いや、だって――多いだろ？　多いよな、天城!?」

天城に助けを求めると、周囲に映像をいくつも浮かべて俺の現状について説明を始めた。

映し出されるのは数多くの女性たちだ。

プロフィールになっている。

「こちらで勝手に候補をご用意しておりますが、それでも数にして一万人です。せめて千人は屋敷に招こうと考えていました」

「千人!?」

まさに桁違いだ。

というか、俺一人でそれだけの数を相手にするなど無理だ。

「お前ら馬鹿なのか？　そんなにいても無駄だろうが」

ブライアンが真面目な顔で俺を説得してくる。

そもそも、話の内容は俺のハーレムだ。

そのことについて真剣に話されても――その、恥ずかしくて困る。

「多い少ないではないのです。とにかく、リアム様が気に入る女性を用意することが大事なのです。いいですか、リアム様――大事なのは箱ではなく、中身なのですぞ」

箱――この場合の意味は俺が用意した部屋だろう。

ハーレムを入れるための部屋を用意するよりも、先に中身――女性を用意しろと言っている。

「でも千人は多いだろうが！」

「いつまで経《た》っても女性を屋敷に上げないリアム様が悪いのです！　ハーレムと言いながら、未《いま》だに一人の女性もいないではありませんか！」

「ふざけるな！　天城がいるだろうが！」

俺の返答にブライアンが困った顔をして、天城に助けを求めるのだった。

天城が少し呆《あき》れている。

「旦那様、私では子を産めませんよ」

「そんなの関係ないだろ」

俺が素で返事をすると、ブライアンが両手で顔を覆って泣いていた。

「それでは困るのです。せめて――せめて数人でも気に入った女性を側《そば》に置いてくだされば、このブライアンも安心できるというのに」

「うるせぇ！　俺は量より質を重視するんだ。妥協なんてしないからな！」

「それではいつまで経ってもハーレムなど出来ないではないですか！　この際ですから、希望者と面会だけでもしてください」

俺が側室や妾《めかけ》が欲しいと言えば、喜んで名乗りを上げる物好きな女性たちがいるようだ。

だが、それでは駄目なのだ。

俺は悪徳領主として、嫌がる女性を側に置きたい。

同人誌の悪い奴《やつ》はそうするって、新田君が言っていた。

寝取られというジャンルだったか？

前世で寝取られたのだ。

今世では寝取る側に回りたい。

だから、バッチ来い！　みたいな女は駄目だ。

「俺の希望は容姿に優れていて、器量もいい女だ。それで、俺になびかない奴じゃないと絶対に認めない」

ブライアンが絶望した顔をしている。

「本気でハーレムを築く気があるのですか!?　そもそも、この惑星の支配者はリアム様ですぞ。リアム様が声をかければ、大抵の女性は頷《うなず》きますぞ」

天城もブライアンの意見に同意していた。

「旦那様の人気は高いですからね」

――どいつもこいつも馬鹿ばかりか？

俺のような悪人を崇《あが》めているとか意味が分からない。

だが、そうなると難しいな。

領地からハーレム要員を見繕うなんて無理じゃないか？

「領地から選ぶのは駄目か」

俺がそう呟《つぶや》くと、ブライアンと天城《あまぎ》が細めた目を向けてくる。

「リアム様、本気でハーレムを築くつもりがあるのか疑わしいですぞ。このブライアン、心配になってきました」

「屋敷の使用人たちにも手を出しませんからね。せめて数人には手を出して欲しいのですが」

――嫌に決まっているだろうが。

俺は絶対に自分でハーレムを築いてみせる。

誰かに用意されたハーレムなどまっぴらごめんだ！

あとがき

作者の三嶋与夢《みしまよむ》です。

『俺は星間国家の悪徳領主！』はいかがだったでしょうか？

前世、善人だった一般人が不幸のどん底を味わい、そこで考えを改め悪人になる道を選ぶ。これだけならシリアスっぽい雰囲気ですね。

星間国家。未来の世界の価値観に翻弄され、悪徳領主を目指しているのにどうしても名君という扱いを受けるリアムを楽しんでいただければ幸いです。

今回は書籍化にともない大幅に加筆を行いページ数が増えております。シーンなども追加しており、Ｗｅｂ版からの読者さんでも楽しめるように頑張らせていただきました。

そのおかげではないのですが……あとがきのページが足りないです。

まぁ、読者さんも作者のあとがきよりも本編が大事ですから、むしろ頑張った証《あかし》として許してください。

それともブライアンのあとがきが良かったかな？　あっちはどうやって再現するか悩み、結局諦めました。Ｗｅｂ版からの読者さんにしか分からないネタで申し訳ないです（汗）。

それでは、これからも応援よろしくお願いいたします！

発売おめでとうございます!!

この世界ってプラモとかあるんですかね？

高峰ナダレ

OVERLAP

俺は星間国家の悪徳領主！ ①

発　　行 2020年7月25日　初版第一刷発行
2022年2月21日　第六刷発行

著　　者 三嶋与夢

発 行 者 永田勝治

発 行 所 株式会社オーバーラップ
〒141-0031　東京都品川区西五反田8-1-5

校正・DTP 株式会社鷗来堂

印刷・製本 大日本印刷株式会社

Printed in Japan ISBN 978-4-86554-694-1 C0193